suhrkamp taschenbuch 4614

In einem Wald in der Nähe von Palokaski wird im Kofferraum eines BMW eine Frauenleiche gefunden. Nora? Eine Mitschülerin von Laura, die unlängst am Strand von Palokaski tot aufgefunden wurde? Die Polizei ging damals von einem Unfall aus und hatte den Fall zu den Akten gelegt. Aber Nora behauptete gesehen zu haben, wie Laura von einer Klippe gestoßen wurde ... Hat man sie umgebracht, weil sie eine wichtige Zeugin ist? Die Todesumstände der beiden jungen Frauen erinnern an einen anderen Fall: an die junge Venla, die vor 20 Jahren plötzlich in Palokaski verschwunden ist. Der Journalist Pasi Tikka, Venlas damaliger Freund, beginnt zu recherchieren. Venlas Spur führt ihn bis nach Italien, und er deckt dort mehr als *ein* Geheimnis auf.

J.K. Johansson – das ist eine Gruppe von Autoren und professionellen Drehbuchschreibern für Film und TV. Die »Palokaski-Trilogie«, mit der sie den finnischen Buchmarkt auf Anhieb eroberten, ist ihr erstes gemeinsames Buchprojekt. *Venlas dunkles Geheimnis* ist der dritte Teil der Trilogie. Bereits erschienen: *Lauras letzte Party* (st 4590) und *Noras zweites Gesicht* (st 4613).

J. K. Johansson

Venlas dunkles Geheimnis

Roman

Aus dem Finnischen von
Anke Michler-Janhunen

Suhrkamp

Die finnische Originalausgabe erschien 2015 unter dem Titel
Venla
bei Tammi Publishers, Helsinki

Der Verlag dankt FILI – Finnish Literature Exchange –
für die Förderung der Übersetzung.

FILI
FINNISH LITERATURE EXCHANGE

Erste Auflage 2015
suhrkamp taschenbuch 4614

Original edition published by Tammi Publishers.
German edition published by agreement with J. K. Johansson
and Elina Ahlback Literary Agency, Helsinki, Finland
Suhrkamp Taschenbuch Verlag

Umschlagfoto: plainpicture / Ingrid Michel
Umschlaggestaltung: Werbeagentur ZERO, München
Druck und Bindung: CPI – Ebner & Spiegel, Ulm
Printed in Germany
ISBN 978-3-518-46614-8

Venlas dunkles Geheimnis

Neapel, 12.4.1987
Allerliebste Venla! Ich wünsche Dir einen wunderschönen Geburtstag, mein süßes Mädchen. Ich hoffe, der Tag wird so wunderbar, wie Du ihn Dir vorgestellt hast. Anbei ist ein kleines Geschenk für Dich, mein Liebes!
Luca

Venla faltete den Brief zusammen und ließ eine dünne silberne Kette aus dem Umschlag in ihre Hand gleiten. An der Kette hing ein kleiner süßer Engel. Sie hielt sie hoch, strich ihre langen, blonden Haare zur Seite und legte sich die Kette um den Hals. Nach kurzem Probieren gelang es ihr, die Kette im Nacken zu schließen. Der Engel schmiegte sich an ihr Dekolleté. Die Kette war ihr erster eigener Schmuck. Venla schüttelte die Haare und lächelte sich im Spiegel zu. Luca. Wunderbarer Luca

Ein halbes Jahr zuvor hatte die Englischlehrerin einen Stapel Briefe mit Fotos in die Klasse mitgebracht. Jeder Brief ein potentieller Brieffreund, doch ihr war gleich der fröhlich lächelnde Junge mit den lockigen Haaren und den schönsten Augen der Welt aufgefallen, auch wenn sie sich nicht traute, es vor den anderen einzugestehen. Scheinbar desinteressiert hatte sie Lucas

Brief zurück auf den Lehrertisch geworfen und heimlich gehofft, dass niemand sonst ihn nehmen würde. Zu den anderen Mädchen, die aufgeregt kreischend um den Tisch herumschwirrten, sagte sie, dass sie an einem Jungen als Brieffreund nicht interessiert sei, schon gar nicht an einem aus Italien. Doch gleich zu Beginn der Pause hatte sie sich zurück in den Klassenraum geschlichen, angeblich, um ihren Pullover zu holen, den Brief ganz unten aus dem Stapel hervorgezogen und ihn tief in die Tasche ihrer engsitzenden, *sand-washed* Jeans gesteckt. Jetzt schaute Luca vom Rand des Spiegels über ihrem Schreibtisch zu ihr herunter. In einer Reihe mit den Bangles, George Michael und Billy Idol. Billy Idol war auf dem Ehrenplatz, obwohl sie weder ihn noch seine Musik besonders mochte. Doch um in den Augen ihrer Freundinnen mithalten zu können, hatte sie seine Texte auswendig gelernt und Lied für Lied eine ganze Kassette Billy Idol aus dem Radio aufgenommen. Obwohl sie versucht hatte, genau zu arbeiten, war kurz die Ansage des Radiomoderators zu hören. Mussten sie immer in die Musik reinquatschen? Machten die das mit Absicht?

Aus dem Nachbarzimmer war zu hören, wie jemand ein Schlagzeug bearbeitete. Es war schwer zu begreifen, wie ihr kleiner Bruder Tag für Tag ständig das gleiche Stück spielen und immer wieder aus vollem Halse *You gotta fight for your right to party* brüllen konnte. Es wäre etwas anderes gewesen, wenn Nikke zum Beispiel Wham gespielt hätte. Venla erinnerte sich noch gut daran, wie sie bei einer Schuldisco mit Samppa zu *Last Christmas* getanzt hatte. Katja hatte sie den ganzen Song lang giftig angesehen, ganz so, als ob sie ein Vorrecht darauf hätte, dieses Lied mit dem Schwarm aller Mädchen ihrer Klasse zu teilen, nur weil sie genauso ein *Choose-Life*-Shirt besaß wie George Michael und Andrew. Venla hämmerte ein paar Mal entschieden gegen die Wand von Nikkes Zimmer und setzte sich dann die Kopfhörer auf.

Der Brief lag auf dem Bett. Venla nahm ihn in die Hand und zog Lucas Foto aus dem Umschlag. Sie konnte Lucas vom Wind zerzauste Haare beinahe auf ihrer Wange spüren. Sie nahm ihr rosafarbenes, mit kleinen Rosen verziertes und mit einem mintgrünen Seidenband zusammengebundenes Briefpapier aus der Schublade. Angeblich ein Geschenk von Nikke und Miia. Doch in Wirklichkeit hatte Mutter es gekauft. Ihre kleinen Geschwister wurden immer noch nach Strich und Faden verhätschelt. Nikke musste sich nicht einmal selbst Butter aufs Brot schmieren, obwohl er schon zehn war. Und die zwölfjährige Miia wurde immer noch ständig von einem Ort zum anderen chauffiert. Venla dagegen hatte schon in der zweiten Klasse allein mit dem Bus zur Klavierstunde fahren müssen.

Venla nahm den rosafarbenen Bleistift mit dem hübschen Federbüschel aus der Stiftebox und drückte die Spitze fest auf das Briefpapier: »Dear Luca ...« Im selben Moment fühlte sie, wie sie jemand am Ärmel zog. Venla nahm die Kopfhörer ab und bedachte Miia mit einem grimmigen Blick.

»Was gibt es denn?«

»Ein Telefonat für dich. Irgendein Junge ruft an!«, kicherte Miia und hüpfte auf und ab.

»Und wer ist es? Ich habe dir tausend Mal gesagt, wenn du ans Telefon gehst, dann musst du auch genau hinhören, wer dran ist.«

»Ich weiß, wer am Telefon ist!«, sagte Miia und beugte sich über Venla. »Dear Luca ...«

»Hör sofort auf!« Venla griff nach dem Briefpapier und stopfte es in die Schreibtischschublade. »Entweder du sagst mir jetzt, wer am Telefon ist oder du heulst gleich«, sagte Venla und senkte ihre Stimme.

»Wenn ich es dir sage, machst du mir dann einen Seitenzopf?«, fragte Miia und legte den Kopf schief.

»Wer? ist? am? Telefon?«

»Dieser Pasi«, stieß die kleine Schwester hervor und war im gleichen Augenblick im Erdgeschoss verschwunden.

1

Die Kofferraumhaube fiel mit einem lauten Knall ins Schloss und Miia blickte sich hektisch um. Wie lange hatte sie schon neben dem Auto gestanden? Hatte sie jemand gesehen? Und war der Kofferraum des roten BMW gerade wirklich aufgegangen, als sie auf den Schlüssel in ihrer Tasche gedrückt hatte?

Sie wusste plötzlich gar nichts mehr. Das Einzige, was sie in diesem Augenblick mit Sicherheit sagen konnte, war, dass der im Kofferraum ihres Therapeuten Henri Saastamoinen liegende und in Plastikfolie gewickelte weibliche Körper tot war. Das war ihr sofort beim ersten Anblick klar gewesen, trotzdem hatte sie instinktiv ihre Hand vor den Mund der Toten gehalten, um zu prüfen, ob sie noch einen Hauch ausstieß. Sie erinnerte sich an einen Nachmittag in ihrer Kindheit, als sie allein zu Hause war und plötzlich einen dumpfen Aufprall hörte. Sie war so erschrocken, dass sie die auf dem Fußboden stehende Tasse mit Kakao umstieß. Sie war vom Sofa aufgesprungen, über den dunkler werdenden Kakaofleck auf dem weißen Wollteppich gestiegen und zum Fenster gegangen. Erst dort verstand sie, was passiert war. Hinter der Scheibe lag ein kleiner Vogel inmitten der vom Herbst bunt gefärbten Blätter auf der Terrasse. Miia eilte nach draußen, hob den Vogel auf und fühlte mit dem Finger vor dem Schnabel, ob er noch atmete. Dann rannte sie mit dem Vogel in der Hand ins Haus, schnappte sich den Strohhalm aus der Kakaotasse und schob ihn vorsichtig in den Schnabel des Vogels. Mit aller Kraft, die ihre Lunge hergab, blies sie in den Strohhalm, bis die mit blaugrauen Federn bedeckte Brust wieder rund wurde. Zumindest wollte sie das glauben. In diesem Moment kam ihr Vater nach Hause. Als er sah, was Miia tat, stürmte er ins Wohnzimmer und schüttelte sie so heftig am Arm, dass das Vögelchen mitten in den Kakaofleck fiel. Noch bevor Miia irgendetwas tun konnte, hatte er schon das Kehrblech geholt und den Vogel ins Gebüsch geschleudert.

Miia trat zwischen den parkenden Autos zurück auf den Bürgersteig und ging mit ruhigen Schritten weiter. Am liebsten wäre sie gerannt, so schnell sie konnte, doch jetzt war es besser, keine Aufmerksamkeit zu erregen. Jetzt ging es nur darum, möglichst sicher nach Hause zu kommen.

Als sie die nächste Straßenecke erreicht hatte, konnte sie sich nicht mehr länger beherrschen und rannte so schnell sie konnte den ganzen Weg bis nach Hause. Ihr Herz klopfte bis zum Hals, ihr Atem ging flach und die Hände zitterten so, dass sie nur mit Mühe den Schlüssel aus der Tasche angeln und ins Schloss stecken konnte. Als sie endlich die Tür aufbekam, wich alle Kraft aus ihr und sie brach im Wohnungsflur zwischen Anzeigenblättern und Werbe-Flyern zusammen.

Irgendwo war das Heulen von Sirenen zu hören, oder

vielleicht bildete sie sich das auch nur ein. Ihr Puls ging so heftig und in ihren Ohren rauschte es so stark, dass sie fürchtete, sie würde das nicht überleben und im Flur auf dem Fußboden an einem Hirnschlag, Herzinfarkt oder Schock sterben. Gerade erst vierundzwanzig Stunden zuvor war sie nur knapp ihrem Mörder entkommen und nun würde sie bei sich zu Hause im Flur neben einem stinkenden Müllbeutel ihr Leben aushauchen.

Sie schloss die Augen und sah sich im Geiste in ihrem Zimmer mit den hübschen rosafarbenen Tapeten liegen, wo ihre Mutter ihr sanft über die Haare strich. Unter dem liebevollen Blick der Mutter und ihrer weichen Hand ließ sie ihren Tränen freien Lauf.

»Ich habe versucht, den Vogel zu retten«, sagte Miia und beruhigte sich für einen Moment.

»Das war sehr lieb von dir«, sagte Mutter, zog ein Taschentuch aus dem Ärmel und reichte es ihr.

»Aber er ist trotzdem gestorben.«

»Er war schon tot, bevor du versucht hast, ihn zu retten.«

»Warum?«

»Ja, warum. Wir müssen alle irgendwann sterben.«

»Du auch? Und Papa? Und Venla und Nikke auch?«

»Ja, wir alle«, sagte Mutter und gab Miia einen Kuss auf den Scheitel. »Es ist uns nicht vergönnt, andere zu retten, vielleicht mit etwas Glück uns selbst.«

Miia erhob sich vom Fußboden, suchte nach einem Stift und setzte sich an den Küchentisch. Plötzlich war ihr alles klar.

2

»Der gewünschte Gesprächspartner ist vorübergehend nicht zu erreichen. Bitte rufen Sie später wieder an«, wiederholte die inzwischen schon allzu bekannte Stimme zum wer weiß wievielten Mal. Die weibliche Stimme klang freundlich und bedauernd, das änderte jedoch nichts an der Tatsache, dass Nora verschwunden war.

Das blütenweiße, noch unberührte raue Sofa quietschte, als Lauri sich darauf niederließ und den Laptop zu sich heranzog. Er rief die ersten Seiten der beiden großen Boulevardzeitungen auf, doch nirgends fand sich ein Hinweis auf ein verschwundenes Mädchen oder etwas anderes, was er mit ihr in Verbindung bringen könnte, nichts, was erklärt hätte, warum Noras Telefon ausgeschaltet war. Im Laufe des Vormittags hatte er auch bei Noras Eltern angerufen, sich als Abo-Verkäufer ausgegeben und darum gebeten, mit dem Teenager der Familie sprechen zu können. Sie hätten eine Reihe von Jugendmagazinen im Angebot und als Werbegeschenk Schminkprodukte, die sich die Jugendlichen selbst aussuchen dürften. Noras Vater hatte daraufhin gesagt, dass Nora übers Wochenende zu Freunden gefahren sei und nicht vor Montag nach Hause kommen würde.

Auch unter Noras Instagram-Profil war nichts zu entdecken, was auf ihren Aufenthaltsort hingewiesen hätte, denn es gab in den letzten vierundzwanzig Stunden keinerlei Aktivitäten. Facebook zu öffnen lohnte nicht, denn das benutzte eh keiner mehr. Das letzte Foto in dem von Nora geführten Blog *Madde's life* auf Instagram zeigte ein sprudelndes Getränk in einem schmalen, hohen Glas, versehen mit fröhlichen Hashtags zum besten Tag im Leben von Madde, zu der phantastischen Gesellschaft und einer entscheidenden Wende in ihrem Leben. Lauri verspürte Eifersucht in sich aufsteigen.

Er erhob sich vom Sofa und ging zum Fenster. Das Fenster der Familie Ojantaus war sechs Meter hoch, fünfzehn Meter breit und bot einen uneingeschränkten Blick aufs Meer. Lauri nahm das Telefon aus der Tasche und hielt es an sein Ohr. Während er der Telefonansage der freundlichen weiblichen Stimme in drei Sprachen lauschte, versuchte er, den Horizont in der Novemberdämmerung auszumachen. Die dünne Schneedecke, die am Morgen den Boden bedeckt hatte, war wieder weggeschmolzen und Meer und Himmel hatten den gleichen Grauton angenommen.

Wo war Nora bloß? Warum hatte sie sich nicht bei ihm gemeldet, obwohl sie ihm versprochen hatte, ihm Nachrichten vom Fest zu schicken und sich spätestens auf dem Weg nach Hause zu melden? War ihr etwas zugestoßen oder hatte sie jemanden kennengelernt? Es war schwer zu sagen, ob er besorgt oder eher eifersüchtig war. Auf jeden Fall war es dumm gewesen, Nora als Madde verkleidet auf das Fest irgendeiner dubiosen Werbeagentur gehen zu lassen. Er hatte schon von Anfang an das Gefühl gehabt, dass irgendwas nicht stimmte. Und auch die Sonderpädagogin Miia Pohjavirta war der Meinung gewesen, dass Firmen, die Kontakt zu Bloggern aufnahmen, häufig zweifelhafte Motive hätten. Warum sollte jemand ein junges Mädchen mit einer Limousine zu einem Fest abholen, selbst wenn der Blog der Phantasiegestalt Madde in kürzester Zeit zu einem wahren Hit unter jungen Frauen geworden war?

Nora wäre vor Begeisterung fast geplatzt, als sie Lauri die mit vornehm silbern schimmernder Schrift auf dicken schwarzen Karton gedruckte Einladung zeigte. Ungeduldig hatte Nora all das herbeigesehnt, was sie auf dem Fest erwarten würde: ein roter Teppich, Champagner, Fotografen, Kaviar und all die wichtigen Leute, die sie nicht einmal bemerken würden, wenn Nora unverkleidet auf der Straße an ihnen vorüberginge. Doch auf dem Fest würde Nora keine normale Schülerin aus Palokaski sein, sondern Madde, eine junge Frau aus dem Helsinkier Trendviertel Punavuori, die ein ausschweifendes Leben führte, um die Welt reiste und haufenweise Luxusartikel einkaufte.

Dass Madde Nora war, war ihm klargeworden, als er einmal zufällig Nora dabei beobachtet hatte, wie sie mit senfgelber, mottenzerfressener Strickmütze auf einer schwarzen Lockenpracht im Hof vor einer auf einem Stativ befestigten Kamera posierte. Fasziniert hatte er aus dem Schutz der Sträucher heraus verfolgt, wie Nora immer wieder ins Haus gegangen war, die Kleider gewechselt, mit kleinen Details den Hintergrund verändert und erneut Fotos von sich gemacht hatte.

Ein paar Tage später waren Lauri Dutzende Varianten der absolut hässlichen senffarbenen Kopfbedeckung auf den Schulfluren in Palokaski aufgefallen und er hatte gehört, wie einige modebewusste Mädchen die Bloggerin Madde für ihren unfehlbaren Stil lobten. Sofort nach der Schule hatte er Maddes Seiten geöffnet und begriffen, was Nora dort auf dem Hof gemacht hatte, und sich nur noch heftiger in das Mädchen verliebt.

Lauri war wieder zum Sofa zurückgekehrt und ertappte sich dabei, wie auch er jetzt den Namen von Maddes Blog in das Suchfenster des Computers eintippte. Der Ladekreis in der Mitte des Bildschirms drehte sich langsam, da fiel die Haustür mit einem lauten Knall ins Schloss. Lauri schaute in den Flur und stöhnte enttäuscht auf, als er die dunkle Gestalt von Toni erblickte, der die Schuhe von den Füßen schleuderte. Er hatte gehofft, seine Mutter wäre gekommen. Auch wenn sie manchmal nervte, so hätte es ihn doch beruhigt, mit ihr über Nora reden zu können.

»Hi!«, grunzte Toni und stürmte noch mit Jacke ins Wohnzimmer und von dort weiter in die Wohnküche. »Wie geht's, Kumpel?« Lauri hörte, wie der Kühlschrank geöffnet wurde. Er schaute wieder in den Flur, wo er Tonis treue Lakaien Pilli, Pulla und Jimbo vermutete. Doch dann begriff er, dass die Frage ihm gegolten hatte. Lauri wurde hellhörig: Es war mindestens fünf Jahre her, dass er sich mit seinem großen Bruder über Befindlichkeiten ausgetauscht hatte. Überhaupt lag die letzte Konversation sicher auch schon Monate zurück. Manchmal vergingen Wochen, ohne dass Lauri seinen Bruder überhaupt zu Gesicht bekam oder mehr hörte als undefinierbaren Lärm aus dessen Zimmer.

»Ist alles in Ordnung?« Toni schaute ihm fest in die Augen und schob sich dabei eine Scheibe Schinken in den Mund.

»Bei mir?«, Lauri zeigte mit dem Finger auf sich.

Toni setzte sich neben ihn aufs Sofa und Lauri stieg der stechende Geruch aus der Schinkenpackung in die Nase. Er fühlte Übelkeit in sich aufsteigen. Schon vor geraumer Zeit hatte er aufgehört, Fleisch zu essen, weil er keine toten Tiere verspeisen wollte. Aber das wusste Toni natürlich nicht und bot ihm die letzte Scheibe aus der Packung an.

»Nein, danke«, murmelte Lauri, verkniff sich aber die Litanei über Massentierhaltung, Kohlendioxidausstoß und fleischlose Tage.

»Na, mir schmeckt's. Hast du heute schon was gegessen?«

Lauri wusste nicht, was er darauf antworten sollte. Was sollte er jetzt davon halten? Was wollte Toni von ihm? Warum kümmerte er sich plötzlich um seinen Speiseplan?

»Ja, hab ich.«

»Was hast du gegessen? Hast du im Schrank noch irgendwas Warmes gefunden?«

»Was willst du eigentlich?«, entgegnete Lauri aufgebracht. Toni machte ihm Angst. Nicht nur sein Verhalten, sondern seine ganze Erscheinung: die unruhigen Bewegungen, der unstete Blick, die nassen ungekämmten Haare, das Knarzen der Lederjacke, die Fremdheit, die Kälte, die er von draußen mit hereingebracht hatte, und der verwirrende Gedanke, dass sie ein Blut und eine Familie waren.

»Ich will absolut nichts. Entspann dich mal ein bisschen, Late. Wie läuft es in der Schule?«

»Wo ist Mutter?«

Bei der Erwähnung von Mutter erhob sich Toni vom Sofa und stürmte zum Fenster, um gleich darauf wieder neben Lauri Platz zu nehmen.

»Nichts gehört«, flüsterte Toni mit heiserer Stimme und griff nach Lauris Arm und drückte ihn ein bisschen zu fest.

»Ich bin dein Bruder. Verstehst du, was ich meine.«

Lauri fühlte einen seltsamen Kloß im Hals. Es hätte nicht viel gefehlt und er hätte Tonis Hand abgeschüttelt, doch er wagte nicht, sich auch nur einen Zentimeter zu bewegen.

»Sag, dass du das verstanden hast!«

»Ja, hab ich kapiert.«

»Brüder halten immer zusammen. Verstehst du?«

»Jep.«

»Und ich bin für dich da«, sagte Toni und nickte nachdrücklich.

Lauri schaute seinen Bruder ungläubig an.

»Ja, ich weiß, dass ich beim Bruder-des-Monats-Wettbewerb nicht auf dem Siegerpodest stehe«, fuhr Toni fort, als er Lauris Gesichtsausdruck sah. »Nicht mal unter den ersten zehn, aber du bist mir wichtig. Sehr wichtig sogar. Ich würde dich niemals allein etwas ausbaden lassen.«

Toni lockerte seinen Griff und Lauri wich unwillkürlich ein Stück zurück. Die Beteuerungen des Bruders riefen aus irgendeinem Grund nicht das geringste Gefühl der Erleichterung in ihm hervor. Plötzlich ließ Toni den Kopf sinken, fuhr sich mit den schmutzigen Händen durchs Haar und sah unendlich müde aus.

»Ist bei dir alles in Ordnung?«, fragte Lauri leise. Irgendetwas an dieser ungewöhnlichen Nähe fühlte sich trotz allem gut an. Toni lächelte ihn an. An dieses Lächeln konnte er sich aus fernen Kindheitstagen erinnern. Toni hatte ihn schon so angelächelt, als Lauri noch ganz klein war und Mutter Toni aufgetragen hatte, sich um ihn zu kümmern.

»Ja, aber ich muss jetzt gehen.«

»Wohin?«, fragte Lauri enttäuscht. Er wollte den Moment nicht so schnell vorübergehen lassen.

»Nimm und versteck es.« Toni hielt ihm ein altes, abgenutztes Telefon hin, dessen Produktion in eine Zeit fiel, als das World Wide Web noch ein Privileg weniger Auserwählter war und niemand mit unbeschränktem Zugang zu Informationen in der Tasche durch die Welt stolzierte.

»Ruf mich damit an, wenn du mich brauchst, aber halt es ansonsten versteckt.«

»Warum?«

»Ich verspreche, ich werde antworten, wenn du anrufst. Immer.«

Toni stand auf, berührte ihn mit ungeschickter Sanftheit an der Schulter und polterte die Treppe hinauf ins Obergeschoss. Kurze Zeit später fiel die Haustür ins Schloss und Toni war wieder weg. Die leere Schinkenpackung war der einzige Beweis, dass sich Lauri das alles nicht nur eingebildet hatte.

Einen Augenblick drehte Lauri das Telefon, das ihm Toni gegeben hatte, unschlüssig in den Händen und stopfte es dann zwischen die Sofakissen. Er wäre seinem Bruder gern hinterhergelaufen, aber was hätte er ihm sagen sollen: »Geh nicht weg«?

Lauri öffnete das Notebook und fühlte, wie sein Herz einen Schlag aussetzte. Im *Madde's life*-Blog war ein neuer Beitrag gepostet worden, aus verschiedenen Blickwinkeln aufgenommene Fotos von der Limousine und Maddes Party-Kleid. Auf dem letzten Bild war ein Stück roter Teppich zu sehen, über den Madde in ihren glitzernden Schuhen lief. Madde lobte den Abend über alles und versprach für den nächsten Tag große Neuigkeiten und mehr Text, wenn sie nur erst den schlimmsten Kater ihres Lebens überstanden hatte.

Nora war offensichtlich am Leben, sonst hätte sie wohl ihren Blog nicht aktualisieren können. Wahrscheinlich war sie gerade auf irgendeiner irre aufregenden After-Show-Party am anderen Ende der Welt und würde anrufen, wenn sie wieder zu Hause war. Doch warum verspürte Lauri keine Erleichterung, warum plagte ihn nach wie vor der Zweifel, dass nicht alles in Ordnung war?

Lauri klickte auf sein Gmail-Konto, um Maddes Beitrag zu kommentieren. Doch auf dem Computer öffnete sich nicht sein E-Mail-Programm, vielmehr erschien neben seinem Nutzernamen noch ein weiteres Profil. Dort stand: *Branditup*. Lauri musste nicht lange nachdenken, um zu wissen, wo er das schon einmal gelesen hatte: auf einer auf schwarzem Karton gedruckten Einladungskarte.

Lauri fuhr mit dem Cursor über den oberen Nutzernamen, klickte ihn an und schrieb in das Passwortfeld *branditup*. Auf dem Bildschirm erschien ein blauer Balken, der sich langsam ruckend vorwärtsbewegte. Nach einer Wartezeit, die ihm wie eine Ewigkeit vorkam, öffnete sich das E-Mail-Konto. Der Absender aller Nachrichten im Posteingang war Madde.

Das Licht in der Turnhalle war gedämpft und auf der Tanzfläche schmiegten sich dicht an dicht zahllose Paare eng aneinander. Die Hände der Jungs wanderten verstohlen über den Rücken der Mädchen zum Po hinunter und begrapschten diesen ungeschickt.

Draußen herrschte ein ungemütlicher Herbstabend. Der Wind trieb den Nieselregen waagerecht vor sich her, so dass auch ein Regenschirm nichts nutzte. Venla schaute von draußen durch das Fenster und nahm einen tiefen Zug von ihrer grauen Belmont. Aus der geöffneten Flügeltür drang Glenn Medeiros' neuester Hit. Venla summte ihn in Gedanken mit:

If I had to live my life without you near me
The days would all be empty
The nights would seem so long
With you I see forever oh so clearly
I might have been in love before
But it never felt this strong

Ihr Blick fiel auf Pasi. Er tanzte nicht, sondern stand in einer Ecke, unterhielt sich mit einem anderen Jungen und blickte von Zeit zu Zeit in Richtung Tür. Venla wusste, dass Pasi auf sie wartete, aber es war ihr unmöglich hineinzugehen.

Sie nahm einen Schluck aus der Trinkflasche, die sie

mit diversen Flüssigkeiten aus Vaters Barschrank gefüllt hatte: Whisky, Cognac, irgendein Likör und Campari – alles zu gleichen Teilen und gerade so viel, dass Vater die fehlende Menge nicht bemerken würde. Der bitter schmeckende Cocktail ließ sie das Gesicht verziehen, doch gleichzeitig beruhigte er. Von drinnen war Madonnas *La isla bonita* zu hören und ihre Gedanken schweiften nach Italien ab: Sonne, pittoreske Gassen, Pizza und überall der Geruch von Abfall und Kaffee. Sie vermochte sich gut vorzustellen, wie sie mit Luca Arm in Arm, eine Ray Ban auf der Stirn, durch die Straßen zog. Sie würden viel lachen, sich küssen und an einem kleinen Eiskiosk stehen bleiben. Sie würde eine Kugel Pistazieneis wählen. Venla hatte es einmal gekostet, als sie mit der ganzen Familie irgendwo am Meer Urlaub machten. Es hatte nicht besonders gut geschmeckt, doch nach der Reise hatte sie in alle Poesiealben unter Lieblingsessen Pistazieneis geschrieben. Das klang spannend und exotisch.

Venla ließ die Zigarettenkippe auf die Erde fallen und trat sie mit dem Schuh aus. Zwecklos, von Italien zu träumen, sie war hier, auf dem Schulhof in Palokaski, mit einer orangefarbenen Trinkflasche voller Schnaps in der Hand und nur ein paar Meter von all ihren Freunden entfernt, jenen Menschen, mit denen sie ihr ganzes bisheriges Leben verbracht hatte. Sie waren alle Durchschnittstypen, aßen Makkaroniauflauf mit Ketchup, lasen ihre Teenie-Zeitschrift und schnitten aus der in Finnland angesagten Musikzeitschrift *Suosikki* die Anmeldecoupons für den Modelwettbewerb *Miss Blue Jeans Finland* aus. Venla wollte nicht so sein wie sie. Sie wollte nicht dieses Leben führen. Und jetzt bot sich ihr eine Alternative.

Venla nahm einen großen Schluck aus ihrer Trinkflasche und steckte sich eine neue Zigarette an. Sie warf noch einen Blick in die Halle, drehte sich auf dem Absatz um und lief auf den Sandweg zu, der ins Zentrum führte.

3

Miia wachte mit heftigen Kopfschmerzen auf. Sie war am Küchentisch eingeschlafen. Draußen verursachte ein Streufahrzeug extrem unangenehme metallische Geräusche auf dem Asphalt. Miia hob ächzend den Kopf, um zu sehen, wie spät es war. Die Anzeige auf der Mikrowelle zeigte fünf Uhr morgens. Wie viele Stunden hatte sie eigentlich hier inmitten von Zeitungen und Pizzaschachteln geschlafen?

Kein Wunder, dass sie noch am Tisch eingeschlafen war. Die vorhergehende Nacht hatte sie mehr oder weniger auf der Polizeiwache zugebracht und die Vorkommnisse vom Abend zuvor zu Protokoll gegeben. Davor war sie auf der Flucht vor ihrem Freund Antti kreuz und quer durch den Wald von Palokaski gerannt und beinahe von diesem umgebracht worden.

Wann eigentlich hatte sich ihr Leben in einen Horrorfilm verwandelt?

In diesem Moment fiel ihr wieder ein, was sie im Kofferraum des BMW gesehen hatte.

Antti hatte gesagt, es würde noch mehr Leichen geben.

Miia stand auf. Jede Faser ihres Körpers schmerzte, im Mund hatte sie den Geschmack von Knoblauch. Sie schaute auf ihren Ruheplatz, wo sich in den letzten zwölf Stunden neue Familienpackungen mit Pizza und drei weitere Colaflaschen angesammelt hatten. Sie griff nach einer der Flaschen und stürzte die lauwarme süße Flüssigkeit hinunter. Als sie nach einem der auf dem Tisch liegenden Pizzakartons griff, fiel ihr Blick auf die mit roter Tusche auf den Deckel geschriebenen Buchstaben:

VENLA.

Miia hob die Schachtel langsam hoch. Darunter kam eine zweite Schachtel zum Vorschein, deren Deckel dicht mit Text beschrieben und voller kreuz und quer gezogener Pfeile war. Einige Worte waren eingekreist: Laura, Saska, Antti.

Miia ließ sich wieder auf den Stuhl fallen. Langsam kehrte die Erinnerung an die Ereignisse des Vortages zurück. Als sie am Morgen auf dem Boden im Flur gelegen hatte, war ihr mit einem Mal klargeworden, dass alles Geschehene von der im Kofferraum liegenden weiblichen Leiche bis zur einige Wochen zuvor tot aufgefundenen Laura Anderson auf irgendeine rätselhafte Art mit ihr und ihrer Schwester Venla zusammenhing, die vor über zwanzig Jahren als 16-Jährige verschwunden war. Noch war ihr nicht ganz klar, welche Rolle Venla in ihrer Gedankenkette spielte, aber ihr eigener Anteil an den schrecklichen Geschehnissen des Herbstes war eindeutig zu erkennen – alle Spuren führten zu ihr.

Laura Anderson war am Wochenende, bevor die Schule losging, verschwunden. Der Leichnam hatte fast zwei Monate im Meer gelegen, bevor er an die Oberfläche gestiegen und an den Strand von Palokaski gespült worden war. Bei der Obduktion war festgestellt worden, dass die Hormonwerte des Mädchens astronomisch hoch waren, was darauf hinzuweisen schien, dass das Mädchen aus irgendeinem Grund eine Hormonbehandlung erhalten hatte. Der Vorfall hatte ein gewaltiges Echo nicht nur in den Medien, sondern auch in der Schule von Palokaski ausgelöst. Laura war dort Schülerin und Miia arbeitete an der gleichen Schule als Sonderpädagogin. Auch Saska, der Enkelsohn von Miias ehemaligem Polizeikollegen Korhonen war an dem Fall interessiert und hatte auf eigene Faust Nachforschungen angestellt. Diese waren ihm zum Verhängnis geworden und man hatte ihn kurz vor den Herbstferien ermordet im Fitnessstudio *GYM24* in Palokaski aufgefunden.

In der vorletzten Nacht hatte Miia nach einer hitzigen Verfolgungsjagd erfahren, dass ihr Freund Antti beide Jugendlichen auf dem Gewissen hat, und beinahe hätte er auch sie getötet. Am Ende war es dann aber Antti, der vom Uferfelsen in den sicheren Tod stürzte. Miia wurde auf einen Schlag klar, dass nur sie beide oben auf dem Felsen gewesen waren. Sie war die Einzige, die Anttis Geständnis bezeugen konnte, kein anderer würde es bestätigen, falls jemand an ihrer Glaubwürdigkeit zweifeln sollte.

Und am Morgen hatte sie im Auto ihres Therapeuten Henri Saastamoinen eine Leiche gefunden. Genau jenes Therapeuten, der ihr von ihrem Bruder Nikke empfohlen worden war.

Sie war die einzige Verbindung zwischen Antti und

Saastamoinen. Es war nur eine Frage der Zeit, bis jemand von der Polizei darauf kommen würde, und dann musste sie den wahren Schuldigen schon gefunden haben. Sie musste Saastamoinen ausfindig machen, bevor die Polizei ihre Fingerabdrücke in dessen Auto fand.

4

»Das muss jetzt schlafen gehen«, gähnte Nikke und schob das pinkfarbene My Little Pony an den Teppichrand. Die anderen Kinder spielten in ihren Zimmern, doch Matilda hatte nach dem Ende des Kinderprogramms vom Sonntagmorgen ihren kompletten Ponyhof vor Nikke aufgebaut.

»Das kann noch nicht schlafen gehen, es ist doch gerade erst aufgewacht. Das Pony hier hat ihm Frühstück gemacht, das muss jetzt essen.«

»Aber das hier muss schlafen gehen, das hat ...« Nikke suchte nach Worten und blickte hilfesuchend zu Aikku. Er wollte nicht schon wieder das gleiche Spiel spielen. Die My-Little-Pony-Pferde taten nichts anderes, als sich gegenseitig ihre Mähnen zu kämmen und die hässlichen Frisuren der anderen Ponys zu kritisieren. »Das hat diese ...«

»Das hat Bauchweh«, hörte Nikke Aikku aus Richtung Bad rufen. »Weißt du noch, Engel, als du letzte Woche Bauchschmerzen hattest, da wolltest du auch nur schlafen und unter keinen Umständen etwas zum Frühstück essen.«

Aikku war mit dem Wäschekorb in der Tür erschienen. Mit einer etwas kompliziert aussehenden Bewegung löste sie eine Hand vom Wäschekorb und warf Nikke einen Luftkuss zu. Nikke fing ihn auf, schloss ihn in seine Hand und drückte ihn gegen sein Herz. Aikku schüttelte scheinbar genervt den Kopf, doch ihr Lächeln verriet, dass sie von seiner Geste gerührt war.

»O. k. Es darf schlafen gehen, aber das hier bringt ihm einen Eimer ans Bett und das hält seine Hand und singt ihm *Robin* vor.«

Das Mädchen erhob sich mit wehenden Engelslocken und verkündete, sie ginge ins Kinderzimmer, um nach einem Eimerchen zu suchen. Sobald Matilda verschwunden war, sprang Nikke auf, zog Aikku, die auf dem Sofa Wäsche zusammenlegte, auf seinen Schoß und summte ihr den neuesten Hit des finnischen Teeniestars ins Ohr.

»Du bist die beste Mutter, die ich kenne«, säuselte er ihr ins Ohr und leckte ihr Ohrläppchen.

»Danke, dabei ist mir gerade heute Morgen deutlich gesagt worden, ich könne hier verschwinden und wie supernervig und doof ich sei.« Aikku drehte sich in Nikkes Armen, um ihn zu küssen. Nikke erwiderte den Kuss gierig und drückte sie an sich.

»Können wir mal kurz irgendwo allein sein? Ich kann nicht mehr lange bleiben.« Nikke erhob sich vom Sofa und fasste Aikku bei der Hand. »Ich habe eine Idee. Wir gehen in die Sauna.«

Aikku schüttelte Nikkes Hand ab und drückte sich gegen die Sofalehne, als wollte sie klarmachen, dass sie sich nirgendwohin bewegen würde.

»Mir wurde beigebracht, dass Sex in der Sauna Sünde sei.«

»Auch in einer kalten Sauna?«

Nikke setzte sich mit gespreizten Beinen über Aikku. Diese lächelte ihn an und versuchte, ihn von sich weg zu schieben. »Na, vielleicht nicht in einer kalten. Aber wir können uns jetzt nicht in die Sauna verziehen, die Kinder ...«

»Ich gebe ihnen mein Handy. Ich hab ein paar Spiele draufgeladen, die sie mögen.«

»Ach ja?«

Nikke sah Aikku an. Sie machte ein Gesicht, als hätte sie einen bitteren Geschmack im Mund. Er konnte Aikkus Mimik und Stimmungen noch immer nicht richtig deuten.

»Na, gehen wir jetzt in die Sauna?«, flüsterte Nikke und knabberte an Aikkus Ohr. Er hatte die Spiele nicht etwa auf sein Handy geladen, um in Ruhe Sex haben zu können, sondern weil Aikku kein Geld hatte, um ihren Kindern Smartphones zu kaufen. Als Schulpsychologe wusste er, wie gnadenlos der Konsumwettbewerb unter den Jugendlichen heutzutage war. Deshalb hatte er Aikku vorgeschlagen, den beiden Größeren jeweils ein eigenes Handy zu kaufen. Eines, für das sie sich nicht zu schämen brauchten. Doch Aikku hatte abgelehnt. Sie wollte die Väter von Olli und Iisa um das Geld dafür bitten.

»Ich hab dir schon mal gesagt, fang nicht an, hier den Vater zu spielen.« Aikkus Stimme klang angespannt. So hatte er sie noch nicht erlebt. Aikkus vier Kinder hatten alle verschiedene Väter, bis auf die beiden Letzten, die

Zwillinge. Nach ihren eigenen Worten hatte sie Kinder gewollt, keinen Mann, und die Väter auf die Straße gesetzt, sobald der Schwangerschaftstest positiv ausfiel. Ihre Freunde waren der Ansicht, dass sie so regelmäßig schwanger wurde, um nicht arbeiten gehen zu müssen.

Nikke stöhnte und rieb sich die Schläfen. »Ich will hier bestimmt nicht den Vater spielen. Ich habe die Spiele nur ... aus Gutmütigkeit runtergeladen.« »Verdammt nochmal«, fügte er leiser hinzu, denn die Kinder sollten ihn nicht fluchen hören.

»Genau, verdammt nochmal«, schmetterte Aikku so laut, dass es gewiss auch die Nachbarskinder noch hörten. Nikke schaute sie überrascht – und erfreut – an. Suski wäre das niemals über die Lippen gekommen, nicht mal aus Versehen. Das unablässige Bedürfnis seiner Frau, alles zu kontrollieren, vor allem sich selbst und damit auch Nikke, ließ das Leben klein und fade werden. Da passten keine großen Gefühle mehr rein und auch keine Leidenschaft. Genau genommen blieb Platz für immer weniger Dinge, wurde Nikke mit einem Mal klar, je mehr Kinderwunsch-Behandlungen sie durchführten. Lange Zeit war Laufen das einzige Eigene gewesen, woran er noch Freude hatte. Aber jetzt hatte er Aikku, die ihn so akzeptierte, wie er war, und er hatte nicht vor, auf sie zu verzichten.

»Was regst du dich wegen ein paar Spielen so auf«, sagte Nikke versöhnlicher und versuchte Aikku auf den Hals zu küssen. »Du hattest doch auch nichts dagegen, dass ich mit den Mädchen letzte Woche ins Kino und mit Olli zu einem Eishockeyspiel gegangen bin.«

Aikku stand auf und griff nach dem T-Shirt, das ganz oben auf dem Wäschekorb lag. »Am besten gehst du jetzt nach Hause zu deiner Frau.«

»Geht es hier jetzt etwa um Suski?«, stieß Nikke mit leiser Stimme hervor. Er spürte fast so etwas wie Genugtuung, dass Aikku doch Eifersucht zeigte. Schon längere Zeit hatte er befürchtet, die Gefühle seien einseitig und die Alleinerziehende von vier Kindern würde nichts als Sex von ihm wollen.

»Ach du meine Güte. Nun bilde dir bloß nichts ein. Suski ist die kleinste meiner Sorgen.«

In diesem Augenblick klingelte es an der Haustür und die Kinder stürmten wie auf Befehl aus allen Ecken der Wohnung hervor, um die Tür zu öffnen.

»Ich dachte mir, dass ich dich hier treffe«, erklärte Miia, die mit vier Kindern im Schlepptau ins Wohnzimmer kam und ihrem Bruder einen stechenden Blick zuwarf. In ihrem Blick lag jedoch keine Anschuldigung, sondern etwas viel Schlimmeres: Enttäuschung. »Auch dir hallo«, sagte Miia in Richtung Aikku, ohne diese auch nur eines Blickes zu würdigen.

»Geht auf eure Zimmer, sofort!«, rief Aikku den Kindern zu, nahm die Zwillinge bei der Hand und verließ mit ihnen das Wohnzimmer.

»Ich kann das erklären«, hörte Nikke sich sagen und prustete los. Der Satz klang wie der Schlusssatz aus

»Reich und schön« oder einer anderen billigen Seifenoper. »Also, ich bin hergekommen, um das ... die Heizung von Aikku zu reparieren«, fuhr er fort und deutete mit dem Kopf auf einen Thermostat, der unter dem Fenster lehnte. Wie viele Tage war es jetzt her, dass er Miia versprochen hatte, die Beziehung mit Aikku zu beenden?

»Mir ist völlig gleichgültig, was du hier treibst. Aber jetzt kommst du mit mir mit.«

5 Der Tisch wackelte, als Nikke zwei große Bier auf ihm abstellte.

Miia griff wortlos nach ihrem Glas. Ihr war nicht nach Reden zumute. Innerhalb der letzten vierundzwanzig Stunden hatte sie dem Tod öfter ins Auge geschaut als ein normaler Mensch in seinem ganzen Leben. Doch der letzte Vorfall bei Aikku hatte ihr den Rest gegeben. Auch wenn sie schon länger von der Beziehung zwischen ihrem Bruder und ihrer Freundin gewusst hatte, so hatte sie doch nicht glauben wollen, dass Nikke so weit gehen und mit Aikku einen auf Familie machen würde.

»Die wollten uns schon Branntwein dazugießen. Das haben wir wohl angeblich beim letzten Mal getrunken. Wir sind hier schon beinahe Stammgäste«, sagte Nikke und setzte sich. Der Tisch wackelte wieder und aus Nikkes Glas schwappte Bier über den Tisch.

»Sollte uns das zu denken geben?«, fuhr Nikke fort und versuchte, seinem Gesicht ein Lächeln zu verpassen.

Miia konnte über die Scherze ihres Bruders nicht lachen. Sie war hierhergekommen, um Informationen über Henri Saastamoinen zu bekommen, nicht um sich sein sinnloses, reumütiges Gequatsche anzuhören.

Sie waren bei Aikku unverzüglich aufgebrochen und wie auf Verabredung in die »Alte Dame« gegangen, die bessere der beiden Kneipen, die Palokaski zu bieten hatte. Keiner von beiden hatte auf dem Weg ein Wort gesprochen.

»Wo drückt denn diesmal der Schuh?«, fragte Nikke schließlich, als ihre Biergläser fast leer waren.

Miia stand auf, holte sich vom Tresen ein neues Bier und fing an zu erzählen. Sie begann damit, wie sie fast die ganze Nacht hindurch versucht hatte, im Internet Informationen über einen Therapeuten namens Henri Saastamoinen zu finden. Sie hatte auch eine Reihe von Personen mit dem Namen Henri Saastamoinen gefunden: Hürdenläufer, Trabrennfahrer, Autohändler, Hausmeister und Bankdirektoren, allerdings keinen einzigen Therapeuten, der so hieß. Sie hatte Dutzende Matrikel von Therapeuten, Psychotherapeuten, Gestalttherapeuten, Psychologen, Psychiatern, Psychoanalytikern und sogar Wahrsagern durchforstet, Veröffentlichungen und Forschungsberichte gegoogelt, Fachzeitschriften und Protokolle gelesen, aber nicht einen einzigen Hinweis auf den richtigen Saastamoinen gefunden.

Mehr als einmal hatte sie sich in jener Nacht gefragt, wieso sie das nicht schon vor ihrem ersten Treffen getan hatte. Sie, die normalerweise alles, aber auch alles googelte, hatte sich nicht über ihren Therapeuten informiert! Allerdings war es eine Ausnahmesituation gewesen. Ihre Internetabhängigkeit, die von Zeit zu Zeit ausbrach, war völlig aus dem Ruder gelaufen und nachdem auch noch ihr Computer kaputtgegangen war, hatte sie völlig die Kontrolle über ihr Leben verloren. Sie hatte vergessen zu essen und zu schlafen, und zu guter Letzt hatte sie das Auto eines jungen Familienvaters, der im

Internet nach Sexkontakten suchte, demoliert und war in den Arrest gekommen. Als Nikke ihr dann einen Termin bei Saastamoinen besorgt hatte, war ihr nicht einmal in den Sinn gekommen, Informationen über ihn einzuholen.

Miia nahm einen großen Schluck von ihrem Bier und redete weiter. Als der Morgen anbrach, hatte sie schließlich ihr Telefon zur Hand genommen und die Nummer angerufen, unter der sie ihre Termine in der Praxis von Saastamoinen vereinbart hatte.

»Rate mal, was passiert ist?«, fragte Miia und schaute ihren Bruder auffordernd an. Die Hand, in der sie ihr Bierglas hielt, zitterte leicht.

»Na was?«, erwiderte Nikke und drehte sein leeres Glas in der Hand.

»Überraschung, Überraschung: kein Anschluss unter dieser Nummer.«

»Vielleicht will er einfach am Sonntagmorgen nicht mit seinen Patienten reden«, entgegnete Nikke und schwenkte sein Glas in Richtung Tresen. Der Wirt schüttelte müde den Kopf: »Selbstbedienung.«

»Hast du nicht gehört: Es geht nicht darum, dass ich ihn nicht erreicht habe. Den Anschluss gibt es nicht mehr!« Miia fühlte, wie ihr Puls stieg. »Es ist höchste Zeit, dass du mir sagst, wo du diesen Therapeuten aufgegabelt hast.«

»Was spielt denn das für eine Rolle? Die Hauptsache ist doch, dass er dir in seiner Sprechstunde bei deinen Zwangsstörungen helfen konnte.«

»Ich bin mir sicher, dass Saastamoinen mit dem Verbrecher Antti unter einer Decke steckt.«

»Scheiße, Miia, du bist völlig durchgeknallt. So was Abartiges kannst auch nur du dir ausdenken!« Nikke griff nach seinem Glas, stand auf, knallte es vor dem Kellner auf den Tresen und ging nach draußen.

6

»Ein paar gehen noch«, sagte Emilia mit einem Augenzwinkern und stellte zufrieden fest, dass sie kein bisschen außer Atem war, obwohl sie schon fünfzig Kniebeugen hinter sich hatte. Ein hartes Training war immer noch die beste Medizin gegen Frust.

Sie richtete sich auf, lächelte trotz ihrer zitternden Oberschenkel breit in die GoPro-Kamera und drehte sich gerade so viel, dass ihre schlanke, eins siebzig große Silhouette mit dem knackigen runden Hintern gut zu sehen war.

»Glaubt mir, es funktioniert. Noch ein paar Kniebeugen!«

Emilia wies mit dem Kopf energisch in Richtung des wenige Meter entfernten Weges, der sich in Richtung Wald schlängelte. »Dann geht es los!« Ihr aschblonder Pferdeschwanz hüpfte auffordernd.

Sie spurtete mit weit ausholenden, federnden Schritten los. Die Kamera in ihrer Hand filmte die vorübergleitende Landschaft, fing die zwischen den Zweigen schimmernde Sonne ein und richtete sich dann einen Moment auf ihre muskulösen Oberschenkel. Emilia betrieb den Fitness-Vlog *LIFE ACCORDING TO ME*, zu dessen Markenzeichen neben einem perfekten Gesäß auch die auf Video festgehaltenen Joggingtrips durch den Wald geworden waren. Beide hatten inzwischen ihre eigene, eingeschworene Fangemeinde, zumindest wenn man den mehr als zehntausend Besuchern ihres Videoblogs auf Youtube glauben durfte. Manche verfolgten ihren Vlog auch wegen der Trainingstipps, aber diese Gruppe war sicher nicht sehr groß, denn ihr Training basierte eher auf Intuition als auf physiologischen Fakten. Sie fand, ihr Vlog gehörte nicht in die Kategorie Fitness, aber viele waren der Meinung, sie gäbe gute Tipps für eine gesunde Lebensführung. Die Essgewohnheiten mancher Menschen waren so abartig, dass man mit der Empfehlung, sich an die Ernährungspyramide zu halten, schon für einen Ernährungsguru gehalten wurde.

Emilia joggte immer im Wald, was besonders ausländische Besucher faszinierte. Sie hatte unzählige Kommentare von Menschen bekommen, die auf Laufbändern in Fitnessstudios schwitzten, sich dabei ihre Videos ansahen, um sich vorzustellen, sie würden durch einen finnischen Nadelwald joggen, obwohl sie in Wirklichkeit inmitten der Betonhäuser einer Millionenstadt eingesperrt waren und seit Tagen keinen Baum gesehen hatten.

Sie hatte vor einem Jahr begonnen, ihren Vlog zu führen, nachdem sie an ihrem Arbeitsplatz an einer Weiterbildung der Zentralen Kriminalpolizei zum Thema Soziale Medien teilgenommen hatte. Dort hatten sie sich einige Vlogger und Youtuber im Internet angeschaut und sich zum Spaß auch selbst versucht. Das Sprechen in die Kamera, das bewegte Bild, der Einsatz von Mimik und Stimme und der Gedanke an den direkten, aktiven Kontakt zur Welt hatten sie von Anfang an fasziniert, obwohl sie eigentlich kein Fan von Facebook, Twitter oder Blogs war. Vielleicht lag es daran, überlegte Emilia, dass sie die Möglichkeit boten, jemand völlig anderes als im wirklichen Leben zu sein. Allerdings konnte man in einem Video nicht lügen oder sich verstellen, zumindest war es ungeheuer schwierig. Der jeweilige Hintergrund, die Mimik und Gestik verrieten sofort, wenn man etwas nur vortäuschte.

Noch am selben Abend hatte Emilia ihren eigenen YouTube-Kanal erstellt und sich selbst beim Joggen gefilmt, weil ihr nichts Besseres eingefallen war. Beim Laufen hatte sie nebenbei tagesaktuelle Nachrichten, das Sexleben ihrer Nachbarn, einen im Gebüsch flatternden Vogel oder ihre Arthrose im Knie kommentiert, und den Menschen hat das gefallen, so unvorstellbar das auch sein mag. Ein paar Tage hatte sie von einem Nutzer sogar Tipps für ihr Knieleiden erhalten.

Der sich für den Winter rüstende Novemberwald hüpfte still im Takt ihrer leichten Schritte. Die Schatten wurden immer länger und waren kurz davor, sich zu einer großen Dämmerung zu vereinen, obwohl es noch nicht einmal Nachmittag war. Der schmale orange Streifen am Horizont leuchtete unermüdlich und färbte die Zweige der Bäume. Die Sonne schien sich mit letzter Kraft dagegen wehren zu wollen, während der *Kamos*-Zeit wochenlang zu versinken. Der Einbruch der totalen Dunkelheit überraschte Emilia jedes Jahr wieder und jedes Jahr beschloss sie, den nächsten November im Süden in der Sonne zu verbringen. Doch bisher hatte sie nie rechtzeitig daran gedacht, eine Reise zu buchen, und so war sie auch dieses Jahr wieder im Wald, um sich vom Schneeregen piesacken zu lassen, anstatt in einem Liegestuhl am Meer zu liegen.

Der Wald war erfüllt von der ungebrochenen Stille eines Sonntagnachmittags. Der Sandweg knirschte im Rhythmus der Laufschritte, von Zeit zu Zeit trug der Wind das Bellen eines Hundes zu ihr herüber. Für heute sollte das als Geräuschkulisse genügen. Emilie hatte keine Lust zu plaudern, auch wenn Betrachtungen über *Kamos*, die sonnenlose Winterzeit, mit Sicherheit auf großes Interesse vor allem im Ausland gestoßen wären. Ganz besonders bei jenen, die eine drei Monate andauernde Dunkelheit noch nie erlebt hatten. So etwas Exotisches! Ihre Gedanken kreisten um ihr neues Projekt, das am Montag losgehen würde. Doch sie konnte ihrer zehntausendköpfigen Schar von Zuschauern wohl schlecht von ihrer Arbeit erzählen, selbst wenn es einige von ihnen sicher brennender interessiert hätte als die Novemberdunkelheit.

Das neue Projekt war die Erfüllung ihrer Träume. Sie arbeitete bereits seit zwei Jahren bei der Zentralen Kriminalpolizei, doch bisher hatte sie meist mit Geldwäschegeschäften zu tun gehabt. Als sie hörte, dass sie jetzt endlich an der Aufklärung eines Gewaltverbrechens beteiligt werden sollte, war sie hellauf begeistert. Die örtliche Polizei von Palokaski hatte um Amtshilfe gebeten:

Man kam mit der Aufklärung zweier Todesfälle nicht voran und außerdem war eines der Opfer der Enkel des örtlichen Kriminalkommissars. Doch vorgestern Morgen hatte plötzlich eben jener Kriminalkommissar angerufen und gesagt, die Fälle seien gelöst. Der *Personal Trainer* Pekka Hulkko, auch bekannt unter dem Namen Antti und Angestellter im Fitnessstudio *GYM24* in Palokaski, hatte die Taten gestanden, kurz bevor er von einem Felsen in den Tod gestürzt war. Im Moment des Geschehens vor Ort war Hulkkos Freundin Miia Pohjavirta, die als Internetexpertin für die Polizeiwache in Palokaski gearbeitet hatte, bevor sie zur Sonderpädagogin an die dortige Schule berufen wurde. Irgendetwas an dem Ganzen stimmte nicht, aber Emilia wusste noch nicht, was es war.

Emilia beschleunigte ihre Schritte. Warum passierte ihr das immer wieder? Gerade wenn eine Sache so richtig losging, war es auch schon wieder damit vorbei. Am Montagmorgen würde sie in Palokaski vorbeischauen, danach stand die Rückkehr ins Büro an, wo Quittungsstapel ohne Ende auf sie warteten.

In diesem Augenblick verspürte Emilia einen Schlag an der Schulter. Es dauerte einen Moment, bevor sie begriff, was passiert war: Offensichtlich war sie auf dem schmalen Weg zu langsam geworden und ein Gewohnheitsjogger in eng anliegender Funktionskleidung hatte sie beim Vorbeirennen unabsichtlich oder absichtlich angerempelt. Na, dem würde sie es zeigen, wer hier im Weg stand und wer nicht!

Emilia setzte zum Sprint an, doch nach einigen wenigen Schritten endete der Lauf schlagartig. Ihre Wade krampfte. Sie ließ sich mit schmerzverzerrtem Gesicht auf den nächstgelegenen Baumstumpf fallen, drehte die Kamera zu sich und setzte gleichzeitig eine überraschte Miene auf.

»Oha«, sagte sie in die Kamera und rieb sich die Wade. »Das ist mir schon lange nicht mehr passiert. Vielleicht erinnert ihr euch, den letzten Wadenkrampf hatte ich zu Sommerbeginn, als es zum ersten Mal warm war.«

Emilia zoomte auf ihre Wade und schwenkte dann auf den dämmrigen Wald ringsum.

»Die Luft riecht schon nach Schnee. Ich glaube, nächste Nacht wird es wieder schneien. Vielleicht bleibt er ja diesmal liegen …«

Die Worte blieben in der Luft hängen, denn sie hatte unter den Zweigen einer großen Fichte eine Erhebung ausgemacht, die wie ein dreckiger Schneehaufen aussah. Wieder hielt sie die Kamera auf sich: »Da scheint ja ein ganzer Schneeberg zu sein. Wie der wohl da hingekommen sein mag, es hat doch diesen Herbst erst wenige Millimeter geschneit.«

Emilia stand auf und versuchte, das Bein zu belasten. Der schlimmste Schmerz war zum Glück vorbei und sie brauchte nicht auf einem Bein nach Hause zu hüpfen. »Na, den Rest des Weges kann ich schließlich auch nach Hause gehen«, erklärte sie und richtete die Kamera wieder auf den Schneehaufen. Ab und zu begegneten ihr auf ihren Joggingtouren sagenhafte Naturphänomene, die bei den Zuschauern Interesse und große Verwunderung auslösten. Wie beispielsweise der riesige Bärenfladen, in den sie im Sommer beinahe getreten wäre.

Emilia verließ den Sandweg und ging tiefer in den Wald hinein. Es war nicht leicht, sich mit einer verkrampften Wade in diesem unwegsamen Gelände zu bewegen, die Fichtenzweige zerkratzten ihr das Gesicht und ihre Turnschuhe waren nach kürzester Zeit patschnass. Aber Emilia dachte nicht an Aufgeben, denn je näher sie der Erhebung kam, umso neugieriger wurde sie. Der Haufen sah jetzt überhaupt nicht mehr nach Schnee aus, eher wie eine riesige Plastiktüte.

»So eine Schweinerei«, entfuhr es Emilia, als sie das Plastikgebilde erreicht hatte, und blickte in die Kamera: »Hat hier etwa irgendein hirnverbrannter Idiot versucht, seinen Bauschutt günstig zu entsorgen?«, fuhr sie fort und fing an, die dicke durchsichtige Plastikfolie mit einer Hand aufzureißen. In der anderen Hand hielt sie die Kamera. Die Plastikhülle sollte eindeutig im Gelände verborgen werden und war zum Teil mit Moos bedeckt.

»Seht ihr, hier sind Bissspuren von Tieren.« Emilia hielt die Kamera auf kleine Löcher in der Folie. »Irgendein armes Häschen hat wahrscheinlich versucht, davon zu essen, hoffentlich ist es nicht an der Folie erstickt ...«

Die Kamera fiel lautlos in das feuchte Moos und das letzte, was sie noch aufnahm, war ein markdurchdringender Schrei.

Die Sonne schien ihr durch das Fenster direkt aufs Gesicht. Venla schloss die Augen, legte den Kopf gegen die warme Scheibe und streckte die Beine auf dem Armaturenbrett des LKW aus. Am Fenster huschten im südschwedischen Skåne Getreidescheunen, rundliche Kühe und hübsche, alte rotgestrichene Häuser wie Postkartenansichten vorüber. Nipa sang lautstark Sandras *Maria Magdalena* mit und trommelte mit den Fingern aufs Lenkrad. Sie hätte vor Freude schreien können; all die Freiheit und Unbeschwertheit herauslassen, die sie von innen erfüllte wie ein warmer Frühlingswind.

Die Nacht auf dem Schiff hatte besser geklappt, als Venla zu hoffen gewagt hatte. Nipa war mit ihr zuerst in den abgetrennten, rauchgeschwängerten Bereich für LKW-Fahrer gegangen, in dem Trucker Bratwurst mit Kartoffelbrei aßen und trüben, schwarzen Kaffee aus braunen Plastikbechern tranken. Irgendjemand hatte eine Flasche Klaren dabei und die Stimmung hob sich. Venla hatte sich auf einen Stuhl in der Ecke gesetzt und die Männer hatten sie in Ruhe gelassen. Wahrscheinlich waren Tramper hier ein so alltäglicher Anblick, dass sich niemand für ihre Herkunft oder ihre Gründe, von zu Hause abzuhauen, interessierte. Später war sie in den Liegesaal hinübergegangen und hatte mit dem Rucksack als Kopfkissen ihr Lager auf einer harten, weinroten Schlafpritsche aufgeschlagen. Beim Rausgehen hatte

Nipa ihr zugerufen, wenn sie an einer Weiterfahrt interessiert wäre, sollte sie am Morgen aufs Autodeck kommen. Im Schein der Morgensonne waren sie dann durch Stockholm und in Richtung Süden gebrummt.

Ein Lächeln stahl sich auf ihr Gesicht. Alles um sie herum brachte sie zum Lachen. Der komische Nipa, der von seinen Kindern und seiner Frau erzählte und ab und zu ein Gesangssolo einlegte, wie leicht es war abzuhauen und dass niemand wusste, wo sie war. Alle glaubten, sie wäre bei einer Freundin in Helsinki. Keiner hätte gedacht, dass sie in einem anderen Land sein könnte! Und nicht vorhatte, wieder nach Hause zu kommen.

Am Nachmittag hatte Nipa den LKW routiniert auf die Fähre gelenkt und für sich und Venla einen Kaffee geholt. Er aß dazu ein paar rosarote Würste. Er bot auch ihr eine an, aber sie wollte nicht, obwohl ihr längst nicht mehr so oft schlecht war wie in der Anfangszeit. Am gegenüberliegenden Ufer war Dänemark zu erkennen. Bald wäre sie dort und noch weiter weg von zu Hause.

Als sie den Hamburger Bahnhof erreichten, war es schon fast Mitternacht. Züge fuhren keine mehr, der nächste fuhr erst wieder um 5.14 Uhr und sein Ziel war Wien. Von dort ginge es ohne umzusteigen weiter nach Rom.

»Hier treibt sich allerlei Gesindel herum. Wäre es nicht besser, wenn du die Nacht über mit in die Seemannskirche kommst?«, schlug Nipa vor, als er vor dem Bahnhof anhielt. Venla hörte an seiner Stimme, dass er sich wirklich Sorgen machte. Einen Augenblick lang war sie drauf und dran, zum Zeichen der Zustimmung zu nicken, doch sie hatte beschlossen, allein klarzukommen. Wenn sie jetzt ja sagte, würde sie noch neben Nipa in der Fahrerkabine sitzen, wenn dieser mit seinem LKW wieder in Helsinki von der Fähre fuhr.

»Danke, Nipa. Vielen, vielen Dank für alles.« Venla beugte sich zu ihm und gab ihm einen Kuss auf die Wange. Dann öffnete sie die Beifahrertür, hüpfte geschickt aus der hohen Kabine und hinein in die stickige, warme Nacht. Die Bahnhofshalle hallte vom lautstarken Gegröle zweifelhafter Gesellschaften wider.

Venla positionierte sich in der Nähe eines Dönerstandes, der die ganze Nacht geöffnet hatte, und holte eine Tüte Chips aus der Tasche, die sie nach Überquerung der deutschen Grenze gekauft hatte. Nipa hatte angeboten, ihre Einkäufe zu bezahlen, doch Venla hatte abgelehnt und an der Kasse stattdessen auch seinen Kaffee und seine Wurst übernommen. Vor ihrem Aufbruch hatte sie Deutsche Mark getauscht und jetzt wollte sie ihm wenigstens irgendwie ihre Dankbarkeit zeigen, dass er bereit gewesen war, sie mitzunehmen. Nachdem sie ihre Chips gegessen und eine in der Truckerlounge gemopste Flasche Jaffa-Limonade getrunken hatte, lehnte sie sich gegen ihren Rucksack und zog ein Buch voller Eselsohren aus der Tasche, »Der traurige Skorpion« von Anna-Leena Härkönen. Jetzt musste sie wach bleiben, morgen im Zug hätte sie Zeit zu schlafen.

7 Der Schneeregen hatte sich in schneidenden Eisregen verwandelt. Es war ein rabenschwarzer Novembermorgen. Nur die Zahl der Menschen, die unterwegs waren, ließ vermuten, dass es nicht mehr Nacht war. Es war halb acht. Saastamoinens Praxis würde in Kürze öffnen.

Miia hatte gut zwei Stunden Zeit, den ersten Termin mit einem Schüler hatte sie erst für zehn Uhr vereinbart. Davor musste sie Saastamoinen finden und sich vom Betriebsarzt eine Krankschreibung holen. Zur Arbeit würde sie erst zurückkehren, wenn dieser ganze Schlamassel aufgeklärt war.

Der gestrige Tag war, was ihre Nachforschungen anging, verloren gewesen. Die Begegnung mit Nikke hatte ihr mehr geschadet als genutzt. Auch das Grübeln über ihre Notizen auf den Pizzakartons hatte sie nicht weitergebracht. Im Gegenteil, seit Sonnabend kreisten unaufhörlich die gleichen Fragen in ihrem Kopf. Es stand fest, dass Antti Saska getötet hatte, weil dieser irgendetwas in Erfahrung gebracht hatte, was bewies, dass Antti auch hinter dem Mord an Laura steckte. Aber was genau war mit Laura geschehen? Es fiel ihr schwer zu glauben, dass es sich um ein Verbrechen aus Leidenschaft handelte, so attraktiv Laura auch gewesen war.

Und der Autoschlüssel? Miia hatte den Schlüssel in der Asservatenkammer der Polizeistation von Palokaski unter den Sachen, die Laura gehörten, gefunden und ihn aus Versehen in ihre Tasche gesteckt. Wie war es möglich, dass sich mit eben diesem Schlüssel die Türen von Saastamoinens BMW öffnen ließen? Laura musste Saastamoinen gekannt haben. Hatte Saastamoinen aus irgendeinem Grund Antti damit beauftragt, Laura zu töten?

Und wie hängt der mysteriöse Engelschmuck mit allem zusammen? Miia hatte ihn zuerst bei ihrer Schwester Venla gesehen, dann hatte Laura ihn um den Hals gehabt und zum Schluss auch die beliebte Bloggerin Madde. Venla und Laura waren verschwunden, aber lediglich Lauras Leiche war gefunden worden. Hieß das, dass auch Madde in Gefahr war?

Genau der gleiche Engelanhänger war auch in einer Broschüre abgebildet gewesen, die ihre Schwägerin Suski von irgendeiner Eizellenfirma bekommen hatte. Und schließlich trug auch Tiina, die Mutter ihres Schülers Lauri Ojantaus diesen Engelanhänger um den Hals. Allerdings lohnte es sich nicht, sich um Tiina Ojantaus Sorgen zu machen, auch wenn die Frau unbestritten verdächtig war. Ojantaus war eine lokale Berühmtheit und eine einflussreiche Person. Sie besaß neben dem *GYM24*-Fitnessstudio auch eine Network-Marketing-Firma, die *Wellness & Spirit*-Gesundheitsprodukte verkaufte und für die Miias Freundin Isabella sogar ihren Job bei der Bank aufgegeben hatte. Isabella waren todsichere Gewinne und atemberaubende Boni versprochen worden, doch vor nicht allzu langer Zeit hatte sie still und leise ihre Eigentumswohnung verkauft, um ihre sogenannten Schulden gegenüber Ojantaus bezahlen zu können, und war in eine kleine Einzimmerwohnung zur Miete gezogen.

Miia hätte liebend gern Tiina Ojantaus auf der Anklagebank sitzen sehen, allerdings würde man ihr wohl kaum nur wegen einer Halskette den Prozess machen. Angeblich hatte sie die Halskette schon vor Jahren von irgendeinem Mann geschenkt bekommen.

Der zu Schneematsch geschmolzene Schnee schmatzte unter ihren Schuhen. Bis zur Praxis von Saastamoinen waren es nur noch wenige hundert Meter. Miia versuchte sich zu erinnern, ob bei ihren Sitzungen irgendetwas Besonderes vorgefallen war. Aber das Einzige, was ihr aufgefallen war, war ein großes Bücherregal, und sie hatte sich noch gewundert, warum im Sprechzimmer eines Therapeuten so unheimlich viele Bücher standen. Schließlich kam dort keiner zum Lesen hin.

Während der Therapiesitzungen hatten sie fast ausschließlich über ihre Familie gesprochen. Saastamoinen hatte sich vor allem für Venla und ihren Vater interessiert. Worüber hatten sie sonst noch gesprochen? Hatte sie Saastamoinen gegenüber erwähnt, dass sie Antti kannte und mit diesem in losen Abständen stürmischen Sex hatte, obwohl sie ihm nicht besonders vertraute?

Außerdem erinnerte sie sich, dass sie Saastamoinen angelogen hatte, als sie behauptete, sie würde Kreuzworträtsel lösen. Miia musste unwillkürlich lächeln. Wie war ihr das nur in den Sinn gekommen? Im Nachhinein fiel es ihr schwer, sich in jenen düsteren, instabilen Gemütszustand hineinzuversetzen, in dem Nikke ihr geraten hatte, einen Therapeuten aufzusuchen. An den Stuhl, auf dem sie gesessen hatte, konnte sie sich wiederum gut erinnern. Sie war darin versunken und gegenüber Saastamoinen um mehrere Zentimeter geschrumpft. Sie erinnerte sich an die gedämpfte Beleuchtung, an die Uhr, deren Zeiger im Dunkeln leuchteten, und an das kratzende Geräusch, wenn der Therapeut mit dem spitzen Bleistift Notizen auf dem rauen Papier machte. An mehr erinnerte sie sich nicht.

Saastamoinens Praxis befand sich im Erdgeschoss eines Bürohauses. Bei ihren früheren Besuchen hatte Miia dem Gebäude keinerlei Beachtung geschenkt, aber jetzt fiel ihr auf, wie geschmackvoll die geräumige Eingangshalle eingerichtet war. Links und rechts vom Empfangstresen waren große Grünpflanzen angeordnet und dahinter stand eine freundlich lächelnde, gut aussehende Frau. Ihr kaum merkliches Nicken zeigte, dass sie Miia schon kannte. Überrascht nickte Miia zurück. War sie wirklich so durcheinander gewesen, dass sie sich an rein gar nichts von hier erinnern konnte?

Miia wendete der Frau den Rücken zu und ging von der Empfangshalle geradewegs in den rechten Flur. Es wäre sicher besser, wenn die Empfangsdame sich möglichst wenig an sie erinnerte. Mit hoher Wahrscheinlichkeit würde sich die Polizei für ihre Verbindung zu Saastamoinen und ihr Tun interessieren, nachdem sie ihre Fingerabdrücke an seinem BMW gefunden hatten.

Als der endlos wirkende Korridor schließlich aufhörte, blieb Miia stehen und holte tief Luft. Es war vollkommen still. Das Klingeln der Telefone, das Klappern der Tastatur, das Summen der Computer, leise Gespräche, das Klirren der Kaffeetassen, das Scharren der Stühle – nichts davon war zu hören. War das wirklich die richtige Tür? Auch wenn ihr Erinnerungsvermögen im Hinblick auf ihren Therapeuten unter einem großen Stein verschwunden zu sein schien, einer Sache war sie sich sicher: An der Tür war ein Schild gewesen, auf dem Saastamoinens Name und Titel gestanden hatten. Dank des Türschilds hatte sie beim ersten Besuch nach kurzem Suchen schließlich erst den Eingang zur Praxis des Therapeuten gefunden.

An dieser Tür war jedoch kein Schild, auch nicht an der daneben. Miia drehte sich um. Sie war sicher, dass auf dem Flur einige Stühle gestanden hatten, auf denen man Platz nehmen und warten konnte, bis man an der Reihe war. Mit absoluter Sicherheit hatten hier Stühle gestanden. Einmal hatte ein schmatzender Mann in einem rotgelben Hawaiihemd auf dem Stuhl neben ihr gesessen. Oder war der Flur mit den Stühlen und der Praxistür doch erst hinter dieser Tür? So musste es sein.

Sie drückte die Klinke und öffnete schwungvoll die Tür. Hinter der Tür lag ein Büro, in dessen Mitte ein Bürostuhl stand und das ansonsten völlig leer war.

Sie schloss die Tür wieder. Ihr Herz schlug wild, sie bekam kaum Luft, doch sie zwang sich, den Atem anzuhalten. Jetzt konnte sie sich keine Panikattacke leisten. Sie musste handlungsfähig bleiben. Miia ging langsam den Flur entlang, blieb an jeder Tür stehen und las alle Schilder, die dort waren, doch einen Hinweis auf Henri Saastamoinen fand sie nicht.

»Wie war der Name nochmal?«, fragte die Dame vom Empfang und hob mit einem verbindlichen Lächeln ihren Blick vom Computer.

»Saastamoinen, Henri«, wiederholte Miia und blickte sich um. Sie hatte sich doch an die Frau wenden müssen und natürlich musste sie an so einem Tag ausgerechnet auf eine mit penibler Knotenfrisur treffen. Sie wollte ganz bestimmt nicht an seinem Arbeitsplatz gesehen werden, wenn Saastamoinen mit einem BMW durch die Gegend fuhr, dessen Schlüssel sie in der Tasche hatte und in dessen Kofferraum sich eine Leiche befand. Die Leiche war sicher schon woanders hingebracht worden, doch früher oder später würde man sie finden.

»Und die Branche?«

»Therapeut, Psychiater, Psychologe – ich weiß es nicht genau ... Jemand, der anderen hilft«, antwortete Miia und fuhr sich durch die Haare. Sie hatte schon einige Tage lang ihre Bürste gesucht, obwohl sie sie sonst immer am gleichen Platz aufbewahrte.

»Ich finde hier nur einen Life-Coach, die Firma *Gu-*

tes Glück GmbH. Für ganzheitliches Selbstmanagement und persönliches Wohlbefinden.«

»Tja, vielleicht ist er das«, sagte Miia irritiert und verkniff sich die Bemerkung, dass sie um nichts in der Welt die Dienste einer Firma mit dem Namen *Gutes Glück* in Anspruch nehmen würde. Gutes Glück? Was sollte das überhaupt bedeuten?

»Die Praxisräume der *Gutes Glück Oy* befinden sich allerdings im vierten Stock. Die Empfangsdame wies mit dem Finger Richtung Dach, als ob sie sichergehen wollte, dass Miia auch kapierte, wo die vierte Etage zu finden war.

»Dann kann er es nicht sein. Seine Praxis lag im Erdgeschoss. Dort am Ende des Korridors, das habe ich doch schon gesagt.« Miia hatte ihr Sprechtempo verringert, als ob sie jemandem mit beschränktem Intellekt eine komplizierte Sache erklären wollte.

»Auf welcher Seite des Flurs?«

»Auf der rechten.«

Die Dame tippte mit der Zweifingermethode auf ihrem Computer herum. »Nach unseren Daten befand sich dort eine Telemarketing-Agentur namens ... *Jumpsuits für Ihn – Telefonisches Marketing und Consulting.*

»Gibt es vielleicht jemanden, den ich noch fragen könnte? Einen ...«, Miia wollte gerade sagen, der ein bisschen heller ist als Sie, besann sich dann aber: »... Vorgesetzten, vielleicht?«

»Schauen Sie doch selbst«, sagte die Frau und drehte

Miia den Bildschirm zu. Miia überflog die spärlichen Informationen und stellte fest, dass der Mietvertrag der Firma *Jumpsuits für Ihn* exakt an jenem Tag begonnen hatte, an dem sie ihren ersten Termin bei Saastamoinen hatte, und vor drei Tagen schon wieder ausgelaufen war.

»Könnte ich von dieser Seite einen Ausdruck bekommen«, fragte Miia und schaute zur Tür. Vor dem Eingang stand ein Mann im grünen Anorak, der sich beim Anblick von Miia wegdrehte und schnellen Schrittes Richtung Zentrum verschwand.

Nikke!

»Jaa ... das ist möglich«, antwortete die Frau und erhob sich langsam von ihrem Stuhl. »Ich muss nur erst Papier holen, weil ...«

»Könnten Sie sich bitte ein bisschen beeilen, ich habe es wirklich sehr eilig«, rief Miia ihr hinterher, ohne den Blick von der Tür zu wenden.

Was in aller Welt hatte Nikke hier zu suchen?

Nach einer gefühlten Ewigkeit reichte ihr die Dame vom Empfang ein noch warmes Blatt Papier.

»Danke!«, rief Miia und rannte los. Nikke war bestimmt auf dem Weg zur Schule, sie würde ihn einholen und ihn fragen, was er von Saastamoinen gewollt hatte.

»Ja, und der Name lautet Onni Oinonen. Der vom Mieter.«

Miia blieb stehen und drehte sich um. »Was haben Sie gesagt?«

»Das steht da auf dem Papier, ganz unten.«

8

»Himmel, Arsch und Zwirn, wer ist denn das? Und was zum Teufel macht die hier?« Der »Welpe« schmiss die Tür so heftig zu, dass die von Korhonen gerade aufgestapelten Ordner kreuz und quer auf dem Fußboden lagen.

»Woher soll ich das wissen. Holm hat von irgendeiner Emilia gesprochen, aber der redet viel, wenn der Tag lang ist«, brabbelte Korhonen vor sich hin. »Vielleicht steht hier irgendwas in meinen Papieren«, fuhr er fort und fing an zu blättern, obwohl er sehr gut wusste, dass er nichts finden würde.

Veikko Holm hatte Korhonen vertreten, während er krankgeschrieben war, und gleichzeitig die Polizeiwache von Palokaski ein bisschen »aufgeräumt«. Holm hatte alles Vorgefallene akribisch aufgeschrieben, allerdings folgten die Notizen einer vollkommen anderen Logik als der von Korhonen.

Korhonen war krankgeschrieben worden, nachdem man seinen Enkel Saska tot im Fitnesscenter von Palokaski aufgefunden hatte. Korhonen hatte jedoch auf eigene Faust ermittelt und mit Unterstützung seiner ehemaligen Kollegin Miia Pohjavirta Beweise gefunden, mit denen der Fall schließlich gelöst werden konnte. Miro Sundsberg, genannt der Welpe, hatte Korhonens Beurlaubung aufgehoben und Veikko Holm wieder in die Reihen der Ordnungspolizei zurückdelegiert. Aus irgendeinem Grund lief Holm trotzdem immer noch in Cordhose und den selbstgestrickten Pullovern seiner Frau über die Flure.

»Die Tussi steht dort in der Halle und will unsere Papiere einsehen. Die führt sich auf, als gehöre ihr die ganze Welt!«, sagte der Welpe und blickte besorgt auf die über den Boden verstreuten Ordner und die sich am Tischrand stapelnden Kaffeetassen.

Korhonen warf seinem Vorgesetzten einen kurzen Blick zu. Jetzt war der richtige Moment gekommen. Jetzt oder nie musste er ihm klarmachen, dass es an Veikko Holm – und mitnichten an ihm, Korhonen – lag, dass in ihrer Abteilung plötzlich eine Frau aufgetaucht war, die in scharfem Ton unbescholtene Kollegen im Dienst herumkommandierte. Mit ein bisschen Glück würde der Welpe verstehen und sich nicht nur von der Frau, sondern auch gleich von Holm trennen.

»Na, jetzt reicht es mir auch! Wo zum Teufel steckt Holm?«, brüllte Korhonen so laut, dass der immer noch in der Türöffnung stehende Welpe vor Schreck zusammenzuckte. »Veikkooo!«

Eine Minute später steckte Holm lächelnd seinen Kopf durch die Tür.

»Na, was brennt meinen Kollegen auf der Seele?«

»Diese Frau«, sagte der Welpe und winkte Holm herein. Korhonen registrierte zufrieden, dass sein Vorgesetzter Holm mit gerunzelter Stirn anstarrte, und kapierte erst später, dass dessen Blick auf Holms Pullover gerichtet war. Dieses Mal hatte Holms Frau einen Norwegerpulli mit kleinen pinkfarbenen Herzen fabriziert.

»Entschuldige, wer?« Holm wischte sich mit einem Papiertaschentuch über die glänzende Stirn.

Guter Mann, zieh endlich den Pullover aus, war Korhonen versucht zu sagen. Draußen waren nicht einmal zwei Grad Minus und der Mann kleidete sich wie für eine Polarreise.

»Die in der Halle«, sagte Korhonen.

»Ach so, Emilia Arponen. Darüber haben wir doch gesprochen. Sie ist eine sehr patente Frau, volle zehn Punkte. Allerdings verheiratet, aber das ist schließlich nur eine Herausforderung und kein Hindernis, nicht wahr?«, sagte Veikko und hob bedeutungsvoll die Augenbrauen.

»Ja, aber was macht sie hier?«, fragte der Welpe und zog sich einen Stuhl heran, wohl in der Annahme, es stünde ein längeres Gespräch und nicht etwa eine Aktion an.

»Also, Emilia ist uns von der Zentralen Kriminalpolizei als Unterstützung zugeteilt worden, als du, Kari, krankgeschrieben warst.«

»Na, jetzt bin ich es nicht mehr und der Fall ist auch geklärt«, sagte Korhonen und suchte den Blick des Welpen. »Also kann das Prachtexemplar ja postwendend dorthin zurückkehren, wo es hergekommen ist.«

»Nun, meine Herren, die Sache ist so, wenn die Zentrale Kripo uns jemanden zuweist, dann können wir den oder die nicht einfach so zurückschicken«, sagte Holm und schaute abwechselnd von einem zum anderen, um sich zu vergewissern, dass seine Worte angekommen waren. Als beide gehorsam nickten, fuhr Holm mit gedämpfter Stimme fort. »Und nur zur Information: Emilia ist diejenige, die die Leiche gestern im Wald gefunden hat.«

»Was für eine Leiche, zum Donnerwetter?«, brüllte Korhonen mit sich überschlagender Stimme und schaute fragend zum Welpen. Das war ja klar. Wenn man einmal gegen seinen Willen krankgeschrieben wurde, dann gab es kein Zurück mehr. Jemand war in seinem Zuständigkeitsbereich getötet worden, aber keiner hatte es für nötig befunden, ihn davon in Kenntnis zu setzen.

Holm grinste und war offensichtlich zufrieden, dass er wenigstens einmal besser im Bilde war als sein Kollege.

»Dann lasst uns Emilia mal hereinholen«, seufzte der Welpe und stand auf.

Einen kurzen Augenblick später trat eine blonde Frau mit rhythmisch hüpfendem Pferdeschwanz ins Zimmer.

»Hallo! Ich bin Emilia Arponen«, sagte die Frau und reichte zuerst Korhonen und dann dem Welpen die Hand. Der Händedruck war kräftig. »Und Veikko, schön, dich nach langer Zeit wiederzusehen.«

Emilia beugte sich vor, um Holm einen Kuss auf die Wange zu geben, den er mit breitem Lächeln entgegennahm. Über Emilias Schulter hinweg zwinkerte er Korhonen triumphierend zu.

»Lasst uns zur Sache kommen! Ihr habt gerade den einen Fall gelöst und schon habt ihr eine neue Leiche.«

»Und auch diesmal werden wir den Fall wieder mit unseren eigenen Leuten lösen«, sagte Korhonen und warf einen Blick auf die Uhr, um zu zeigen, dass sie nicht ewig Zeit hatten, sich ihre Litanei anzuhören.

»Ich habe mit meinem Vorgesetzten gesprochen und er ist der Meinung, dass ich hier gebraucht werde«, sagte Emilia und zog sich einen Stuhl heran.

»Lasst uns mit der neuen Leiche anfangen. Auf die anderen Ermittlungen kommen wir später zurück, ich möchte noch einige Details im Hinblick auf die am Freitag an der Unglücksstelle anwesenden Personen klären. Aber erzählt mir erst einmal, was ihr bis jetzt über die Tote herausgefunden habt, auf die ich im Wald gestoßen bin. Kari, richtig?«, forderte sie Korhonen mit einem Kopfnicken auf.

Korhonen sah Emilia Arponen giftig an. Sein Kopf fühlte sich leer an, vielleicht war es gar keine so schlechte Idee, noch eine Weile auszusetzen.

Gleichzeitig klopfte es und die Tür flog auf. Herein trat Kriminalkommissar Ilpo Suhonen, der dabei war, als man Saskas Leiche fand.

»Die Leiche ist identifiziert. Es ist Tiina Ojantaus.«

9 Der Morgen war windig, der graue Himmel kündigte Schneeregen an. Vor dem Messezentrum drängte sich eine Frauenmenge, von Zeit zu Zeit wurden ein paar Haarsträhnen oder Mantelschöße vom Wind aufgewirbelt. Versammelt hatte sich ein buntgemischtes Publikum: junge elfenhafte Mädchen, ältere Frauen mit Filzhüten, Fitnesstussis in eng anliegender Sportkleidung sowie Karrierefrauen um die dreißig, im gepflegten Kostüm wie Isabella. Sie alle waren aus dem gleichen Grund hier: Sie suchten nach Rezepten für mehr Wohlbefinden und ein ausgeglicheneres Leben.

Am Fahnenmast wehte in harmonischen Farben das Logo der Messe: »*Sei Du selbst*«.

Sobald sie die Eingangshalle passiert hatte, knipste sich Isabella ihren Ausstellerausweis von *Wellness&Spirit* ans Revers. Sie hatte diesen Tag so sehr herbeigesehnt, dass sie die letzte Nacht kaum schlafen konnte. Dabei war schlafen wichtig, sonst sahen ihre Tränensäcke am nächsten Morgen aus wie Trockenpflaumen. Doch je mehr sie an ihre Tränensäcke dachte, umso schwerer wurde es, Schlaf zu finden. Gegen zwei in der Nacht hatte sie aufgegeben, war aufgestanden und hatte fünf Milligramm Melatonin mit einem Glas Leitungswasser heruntergespült.

»Ich bin schön, selbstbewusst und erfolgreich«, sagte Isabella leise vor sich hin, als sie im Spiegel der Garderobe ihr Äußeres überprüfte. Die tiefgekühlten Löffel, die sie sich am Morgen auf die Augen gelegt hatte, hatten Wirkung gezeigt – die Tränensäcke waren verschwunden. Gott sei Dank! Dieser Tag war wichtig. Heute würde sie lächeln, heute würde sie lebhaft und überzeugend von den neuen *Wellness & Spirit*-Produkten erzählen und selbst das beste Beispiel dafür abgeben, wie jede mit ein bisschen Willenskraft ein vollkommenes Leben gestalten konnte.

Den Vormittag über war es ruhig am Stand. Den größten Teil der Zeit verteilte sie Broschüren und Gratisproben. Hin und wieder kam auch eine Kundin mit Kaufabsichten an den Stand und ließ sich von Isabella in ein Gespräch verwickeln. Die meisten waren an Schlankheitstipps interessiert und für sie hatte Isabella Weizenkeimkapseln, Fitnessriegel und Anti-Cellulitis-Creme auf Rapsölbasis im Angebot. Egal, in welcher Absicht sie kamen, verabschiedet wurden die Frauen von Isabella alle mit einem Motto von Coelho: Nur eines macht dein Traumziel unerreichbar: die Angst vor dem Versagen.

Sie selbst sei ein Beispiel dafür, auch das erzählte sie. Sie war schlecht in der Schule und in der Klasse unbeliebt, Akne und Zahnspange während der Pubertät hatten die Situation keineswegs vereinfacht. In ihren dunkelsten Zeiten hatte sie eine Wunschliste erstellt: Dinge, von denen sie träumte, die sie aber um nichts in der Welt jemandem verraten hätte, weil sie ihre Träume für viel zu hochtrabend hielt. Irgendwann beschloss sie jedoch, alle ihre Träume bis zu einem bestimmten Termin zu verwirklichen. Und jetzt stand sie hier auf der Messe vor ihren Kundinnen, die ihr mit großen Augen zuhörten, und hatte fast alles erreicht, was sie als Teenagerin fast nicht zu wünschen gewagt hatte: Sie war eine attraktive und in gewissem Sinne auch erfolgreiche Frau, die viele gute Freunde hatte. Nur eines fehlte ihr im Leben, und auch das nach aktueller Lage nicht mehr lange.

Wenn die Kunden weitergingen, nahm sie ihr Telefon aus der Tasche und öffnete Tinder. Im Laufe der Jahre hatte sie eine Reihe von Datingportalen ausprobiert, doch von Tinder und seiner einfachen Handhabung war sie schon beim ersten Kennenlernen vollauf begeistert. Es genügte, ein paar Bilder von sich in das Programm zu laden, zu sagen, was für Gesellschaft man suchte und aus welchem Umkreis potentielle Kandidaten stammen sollten. Dann bekam man am laufenden Band Fotos von möglichen Datingpartnern aufs Display.

Isabella setzte sich auf einen Hocker im hinteren Teil des Standes und gab einen Radius von zwei Kilometern ein. Im selben Augenblick tauchten die Profile von Kari-Pekka und Simo, Jukka und Lauri auf. Isabella strich über das Display, heute schien keiner dabei zu sein, der ihrem Niveau entsprach. Der Großteil der Männer war kahlköpfig und gehörte dem Bauchumfang nach zu den Biertrinkern. Sie passten nicht zu Isabella; der Mann ihrer Träume hatte ein angenehmes Äußeres und war gutsituiert.

So wie Sam Ghisoni, den sie unter den Rednern im Messekatalog entdeckt hatte. Sam Ghisoni war die Galionsfigur eines italienischen Wellnesskonzerns, der sich auf Frauen spezialisiert hatte. Er nahm an einer Podiumsdiskussion zum Thema sexuelles Wohlbefinden teil und Isabella hatte ihre Schicht so gelegt, dass sie die Diskussion verfolgen und eventuell sogar mit den Podiumsteilnehmern ins Gespräch kommen konnte.

Isabella schaute auf und erschrak. Während sie hier potentielle Kandidaten begutachtete, hatte sich vor dem Stand eine Schar Kundinnen versammelt, die offensichtlich Beratung wünschten. Isabella stand auf und begrüßte sie hastig. Gerade als sie die Dating-App schließen wollte, erschien auf dem Display das lächelnde Gesicht von Sam Ghisoni.

Schon als sie Sam Ghisonis Bild zum ersten Mal im Katalog sah, hatte sie es gewusst: Dieser Mann war für sie bestimmt. Und jetzt wurde ihr via Tinder bestätigt, dass sie Recht hatte. Isabella fühlte eine heiße Welle in sich aufsteigen. Sie konnte nicht anders und klickte noch ein paar Fotos von Sam an, obwohl die wartenden Kundinnen offensichtlich langsam unruhig wurden. Das erste war ein lächelndes Porträt, das gleiche, das Isabella schon im Messekatalog gesehen hatte, das zweite ein Foto vom Strand mit Surfbrett, das dritte von einem großen Bankett in einer Prachtvilla und das letzte ein lustiges Bild, auf dem sich mehrere offensichtlich miteinander befreundete Männer lachend umarmten. Nach kurzem Zögern klickte sie auf das Herz neben Sams Profil.

10

Die Sonne ging gerade erst über dem gegenüberliegenden Ufer auf und ihr schwaches Licht reichte noch nicht aus, um die Stadt zu beleuchten. In der Luft glitzerten vereinzelte Schneeflocken. Als ob jemand sie aus lauter Mitgefühl ausgestreut hätte, damit die Menschen endlich aufhörten, über das graue Novemberwetter zu maulen. Nikke war im Lichtkegel einer Straßenlaterne zu sehen. Miia lief schneller. Nikke hatte offensichtlich bemerkt, dass jemand ihm folgte, und beschleunigte sein Tempo.

»Nikke!«, rief Miia so laut sie konnte. Sie konnte es kaum glauben: Ihr Bruder rannte vor ihr davon. Warum?

»Du weißt schon, dass du alles nur noch schlimmer machst«, rief Miia ihm keuchend hinterher. »Ich werde dich nicht in Ruhe lassen. Wenn du jetzt nicht stehen bleibst, musst du bis ans Ende deiner Tage vor mir wegrennen.«

Nikke war wieder in der Dunkelheit verschwunden. Verfluchter Mist, hatte er sie denn gar nicht erkannt? Ihm musste doch klar sein, dass sie nicht aufgeben würde. Je schneller er davonlief, umso sicherer würde sie ihn einholen. Ihr Bruder mochte vielleicht besser in Form sein, aber ihre Wut stieg mit jedem Schritt.

An der nächsten Straßenlaterne wurde ihr klar, dass Nikke irgendwo abgebogen sein musste. In einiger Entfernung liefen drei Männer mit Stöcken in ihre Richtung. Miia ging langsamer und schaute in den rechts von ihr liegenden Wald. Falls Nikke zwischen die Bäume gelaufen war, würde die Verfolgungsjagd hier enden. Zu gut war ihr noch ihre letzte Flucht durch den Wald in Erinnerung, bei der sie beinahe getötet worden wäre.

Doch da entdeckte sie Nikke, der im Vierfüßlerstand auf dem Asphalt kniete und sich erbrach. Miia hockte sich neben ihn und legte ihre Hand auf Nikkes sich aufbäumenden Rücken. Der Schneefall ist dichter geworden, dachte Miia und auf ihrem Gesicht vermischten sich Tränen mit geschmolzenem Schnee.

Als die Nordic Walker sie passiert hatten, richtete sich Nikke auf.

»Miia, ich halte das nicht mehr aus.«

»Was hältst du nicht mehr aus?«

»Du musst dich behandeln lasse. Du bist krank.«

»Du kannst mich mal.«

»Wann hörst du endlich auf mit deinen Verschwörungstheorien und damit, unschuldige Leute zu verdächtigen? Der Fall ist doch längst gelöst. Antti ist tot und bald auch begraben. Du brauchst keine Angst mehr zu haben«, stieß Nikke hervor und holte tief Luft.

»Und Saastamoinen?«

»Saastamoinen! Was hat denn der mit dem Ganzen zu tun? Ist Saastamoinen allein deswegen schon verdächtig, weil du im Internet nicht genug Treffer unter seinem Namen gefunden hast? Oder behauptet etwa irgendjemand in einem Diskussionsforum, dass Saastamoinen kein richtiger Therapeut ist? Vielleicht unter dem Nutzernamen *Missverstanden*?«

Miia sah ihren Bruder an, der sich schon wieder ein paar Meter von ihr entfernt hatte und wild mit den Armen fuchtelte.

»Bleib stehen!« Miia sprintete ein paar Schritte und fasste Nikke an der Schulter. »Hör doch mal zu!«

»Weißt du was? Mich interessieren deine paranoiden Geschichten nicht mehr. Dreh von mir aus durch, aber lass mich damit in Ruhe!«

»Ich lass dich nicht in Ruhe!«, erwiderte Miia betont ruhig und zog Nikke auf eine verloren am Straßenrand stehende Parkbank. Die Bank war von Schnee bedeckt und im Handumdrehen war ihr Hintern nass. Doch es half nichts, irgendwie musste sie ihren Bruder dazu bringen, sich zu beruhigen und ihr zu erzählen, woher er Henri Saastamoinen kannte.

Nikke war ihr wahrscheinlich nicht ernsthaft böse, und wenn doch, höchstens, weil sie ihn bei Aikku überrascht hatte. Nikke hatte natürlich Angst, dass sie alles Suski erzählen würde. Die Tatsache, dass ihr Ehemann die Mutter von vier Kindern flachlegte, während sie eine kräftezehrende Kinderwunschbehandlung durchzustehen hatte, würde Suski nicht ertragen.

»Wäre es nicht besser, du würdest die Beziehung zu Aikku beenden? Es wäre viel leichter für dich, wenn du nicht die ganze Zeit vor deinem schlechten Gewissen davonzulaufen bräuchtest.«

»Wenn ich etwas beende, dann ist es die Ehe mit Suski«, sagte Nikke düster und stieß die Schuhspitze in den Boden.

»Und ziehst dann zu Aikku, oder wie?«, grinste Miia. »Ich dachte, du kennst sie gut genug, um zu wissen, dass sie mit keinem Mann unter einem Dach leben will.«

»Aber ...« Nikke ließ den Satz unvollendet und begriff vermutlich selbst, dass er sich etwas vormachte. Miia sah ihre Chance gekommen: »Was wolltest du vorhin bei Saastamoinens Praxis?«

»Fahr zur Hölle, Miia!«, brüllte Nikke und schnellte empor. »Ich dachte, ich hätte klargemacht, dass ich mit deinen Nachforschungen nichts mehr zu tun haben will! Begreif endlich, es gibt nichts mehr aufzuklären!«

Wenn sie ihrem Bruder sagen würde, was sie in Saastamoinens Auto entdeckt hatte, würde dieser auf der Stelle die Weißkittel rufen. Ebenso sinnlos wäre es, ihm von ihrem vergeblichen Besuch in Saastamoinens Praxis, dem Autoschlüssel, der Engelhalskette oder davon zu erzählen, dass Antti angekündigt hatte, es werde noch mehr Leichen geben. Aber eines musste sie noch versuchen.

»Aber, wenn du mir nicht hilfst, komme ich ins Gefängnis!«

»Hör dir doch nur mal selbst zu!«

Nikke drehte sich um, lief los und war im anbrechenden Morgenlicht verschwunden, noch ehe Miia überhaupt begriffen hatte, was vorgefallen war. Die Spuren in der dünnen Schneedecke wirkten fremd.

11 Lauri sah aus dem Fenster, die sich ausbreitende Landschaft war von einer dünnen Schneeschicht bedeckt. Er dachte an die Winter seiner Kindheit, an die Freude über den ersten Schnee und die Schneeburgen, die er zusammen mit Mutter und Toni gebaut hatte. In der fertigen Schneeburg hatten sie sich alle gemeinsam Mutters süßen Kakao schmecken lassen.

Jetzt waren weder Mutter noch Toni da. Mutter war auf einer Dienstreise in Amerika und Toni wer weiß wo. Lauri hatte sich im Laufe der Jahre an die Einsamkeit gewöhnt. Daran, dass ihm keiner das Essen zubereitete oder ihm Gute Nacht sagte. Aber jetzt sehnte er sich nach Gesellschaft und nach jemandem, mit dem er seine Sorgen teilen konnte.

Von Nora hatte er immer noch nichts gehört. In Maddes Blog hatte es ebenfalls nichts Neues gegeben. Kurzzeitig hatte Lauri erwogen, in die Schule zu gehen und mit der Sonderpädagogin Miia Pohjavirta zu reden, doch dann war ihm eingefallen, dass Miia ihm aufgetragen hatte, Madde zu warnen, und er verwarf den Plan. Er war unfähig, Miia gegenüber zuzugeben, dass er nicht in der Lage gewesen war, sein Mädchen zu beschützen.

Lauri fuhr zusammen, als draußen ein gewaltiger Knall zu hören war. Wahrscheinlich warf der Wind die im Garten vergessenen Sommermöbel durch die Gegend. Normalerweise räumte Mutter die Möbel in den

Schuppen, sobald das Wetter kühler wurde, aber in diesem Jahr hatte sie das aus irgendeinem Grund nicht getan. Normalerweise rief Mutter Lauri auch mindestens einmal am Tag an. Jetzt hatte er seit Freitag nichts von ihr gehört. Beim Aufbruch hatte sie gesagt, sie würde per SMS ihre neue Nummer schicken, doch er hatte keine Nachricht erhalten und unter der alten Nummer antwortete niemand. Was hatte das überhaupt zu bedeuten, dass seine Mutter andauernd die Nummer wechseln musste?

Auch Toni hatte sich seit seinem Kurzbesuch vom Sonnabend nicht wieder gemeldet, allerdings war das nicht weiter verwunderlich. Toni ging bereits seit Jahren ein und aus, wie es ihm gefiel, und es machte wenig Sinn, ihm hinterherzutelefonieren. Lauri ging in die Küche und nahm eine Packung Spinat-Eierkuchen aus dem Kühlschrank. Das Haltbarkeitsdatum war vor Ewigkeiten abgelaufen, doch das störte Lauri nicht und er schichtete die kleinen Pfannkuchen auf einen Teller und schob ihn in die Mikrowelle.

Kurz darauf kehrte Lauri mit dem dampfenden Teller in der Hand ins Wohnzimmer zurück. Er wollte im Wohnzimmer sitzen, weil er von dort direkt in den Flur blicken konnte. Er wollte sehen, wenn jemand nach Hause kam.

Wo zum Teufel waren alle?

Nachdem er gegessen hatte, nahm er den Laptop auf den Schoß. Er hatte den Schriftwechsel zwischen Nora und der Markenagentur bereits ein paar Mal gelesen. Es waren mehr als fünfzig Mails hin- und hergegangen. Die Agentur *Brand It Up* hatte Madde einen Sponsorenvertrag angeboten und sie im Gegenzug gebeten, Informationen über ihre Schulkameraden zu sammeln. Nachdem Nora dem Angebot zugestimmt hatte, war von der Agentur ein Brief mit dem Engelanhänger darin gekommen, den Madde auf einem ihrer Blogbilder trug. Während er das Bild betrachtete, wurde ihm auf einmal klar, dass seine Mutter genau die gleiche Kette besaß. Schon immer besessen hatte.

Lauri fühlte, wie ihm der kalte Schweiß auf der Stirn stand. Hoffentlich war Mutter nicht auch in die Machenschaften dieser geheimnisvollen Markenagentur verwickelt? Nachdem er eine Weile darüber nachgedacht hatte, kam er zu dem Schluss, dass in diesem Fall Madde sicher gebeten worden wäre, die *Wellness&Spirit*-Produkte in ihrem Blog vorzustellen anstelle teurer Designertaschen. Jemand von Mutters Bekannten oder Kunden musste von Mutters Laptop aus das E-Mail-Programm der Agentur geöffnet haben, sonst hätte er jetzt nicht die Mails von diesem Laptop lesen können. Ebenso wenig konnte er sich vorstellen, dass Mutter an Informationen über Noras Mitschüler interessiert gewesen wäre. Was hätte sie mit Angaben zu deren Zensuren, Familien, Aussehen und vererbten Krankheiten anfangen sollen? Und was die Kette mit dem Engelanhänger betraf, solche gab es sicher in jedem Schmuckgeschäft Finnlands zu kaufen.

Ein Frösteln durchlief Lauris Körper. Das leere Haus war kalt, die Körperwärme eines einzelnen Menschen reichte nicht, um das große Haus zu erwärmen. Lauri stand vom Sofa auf und ging in die obere Etage. Er musste sich etwas zum Anziehen holen, nur in Boxershorts und T-Shirt war es einfach zu kalt.

In seinem Zimmer angekommen, musste er jedoch feststellen, dass es sinnlos war, dort nach sauberen Klamotten zu suchen. In den letzten Wochen war Mutter so im Stress gewesen, dass sie es nicht geschafft hatte, die Kleidung in die Wäscherei zu bringen, geschweige denn, sie selbst zu waschen. Sein Kleiderschrank war leer und nirgends war ein Stapel Sachen zu sehen, der darauf wartete, in den Schrank geräumt zu werden. Vielleicht war er in Tonis Zimmer erfolgreicher.

In Tonis Zimmer roch es süßlich nach Weichspüler und Rasierwasser. Mutter hatte ihnen beiden letztes Weihnachten das gleiche After Shave gekauft, aber Lauri hatte aufgehört, es zu benutzen, nachdem Jenna und Marsa eines Morgens naserümpfend an seiner Schulbank vorbeigegangen waren.

Lauri schaltete das Licht an und erschrak. Das Zimmer sah vollkommen anders aus als beim letzten Mal. Es war schon eine Weile her, dass er sich getraut hatte, über die Schwelle von Tonis Zimmer zu gehen, denn Toni hatte ihm und auch allen anderen schon vor Jahren verboten, sein Zimmer zu betreten. Nachdem er sich einige Mal blaue Flecken eingefangen hatte, hatte er es nicht mehr gewagt, das Verbot des Bruders zu missachten.

In dem Zimmer standen ein Bett, ein Schreibtisch und ein Stuhl. Nichts weiter. Früher war das Zimmer bis unter die Decke vollgestapelt gewesen, aber jetzt war sogar der Schreibtisch leer und das Bett gemacht. Lauri wurde mit einem Mal klar, dass er nicht die geringste Ahnung hatte, wo sein Bruder seine Zeit verbrachte oder ob dieser überhaupt noch in seinem eigenen Bett schlief.

Lauri öffnete den Kleiderschrank und seufzte vor Erleichterung beim Anblick der Unmenge Sachen, die in den Schrank gestopft waren und ihm jetzt entgegenfielen. In der Welt waren also noch ein paar Dinge in Ordnung und nicht alles hatte sich verändert. Er hob auf, was auf den Boden gefallen war, und packte es zurück in den Schrank: Kleidungsstücke, Schulbücher, Kabel und allerlei Krimskrams. Im hinteren Teil des Schrankes stießen seine Finger plötzlich auf etwas Hartes und Kaltes. Lauri schob seine Hand tiefer in den Kleiderstapel. Kaum hatte er seine Finger um das Ding gelegt, begriff er, was er da in der Hand hielt.

Ihm rauschte der Puls in den Ohren, seine Beine wurden weich. Lauri zog den Gegenstand langsam hervor. Die Waffe glänzte schwarz in seiner Hand. Sie war überraschend leicht. Lauri streckte den Arm aus und zielte auf sein Spiegelbild im Fenster. Seine Handflächen wurden feucht und der Zeigefinger schien den Abzug ganz von allein zu finden. War die Waffe geladen? Was würde passieren, wenn er jetzt den Abzug drückte?

Lauri starrte auf sein Spiegelbild und probierte einige Posen, die er in Filmen gesehen hatte. Er wurde von einem seltsamen Gefühl der Sicherheit erfüllt – zum ersten Mal seit Tagen. Was konnte ihm denn schon passieren? Jetzt würde ihm niemand etwas antun können.

Er führte die Waffe an den Mund, um sie zum Dank zu küssen. Der Lauf roch nach Schießpulver. Was hatte das zu bedeuten? War die Waffe vor kurzem abgefeuert worden?

Lauris Gedanken wurden jäh unterbrochen, als unten die Hausklingel schrill ertönte. Die Waffe fiel zu Boden und Lauri schloss instinktiv die Augen und hielt sich die Ohren zu. Aber es war kein Schuss zu hören. Dafür war hinter der Haustür ein energischer Ruf zu vernehmen:

»Polizei! Öffnen Sie unverzüglich die Haustür!«

12

Dieses Mal hatte Miia mehr Glück und traf den Arzt, den sie suchte, in seiner Praxis auch an. Miia schilderte dem Betriebsarzt ihre Situation und dieser schrieb sie für zwei Wochen wegen Burn-outs krank. Als Miia die Schuldirektorin über ihre Krankschreibung und ihre schon seit langem bestehende Erschöpfung informierte, war diese sehr verständnisvoll.

Miia steckte das Telefon zurück in die Tasche und beschloss, die zahlreichen Anrufe und Nachrichten, die Mikael ihr im Laufe des Wochenendes geschickt hatte, zunächst zu ignorieren. Sie hatten sich den Herbst über recht regelmäßig getroffen und ihre Beziehung war bereits so weit gediehen, dass sie sogar schon einmal zusammen bei Ikea waren, was in Miias Maßstab dem Zusammenziehen gleichkam. Mikael war ein wahrer Traummann: gutaussehend, vermögend und lieb. Mit anderen Worten, so gut wie vollkommen. Trotzdem hatte Antti den Sieg davongetragen. Wahrscheinlich deshalb, weil Miia sich in Mikaels Gesellschaft häufig unbehaglich fühlte. Sie hatte ständig das Gefühl, ihm nichts Ebenbürtiges zurückgeben zu können. Während sie mit Antti einfach sie selbst sein konnte.

Miia setzte sich in der Eingangshalle des Ärztezentrums auf einen Stuhl und hielt einen Pappbecher mit einem bitter schmeckenden, warmen Gebräu in der Hand, das der Kaffeeautomat nach langem Zureden endlich ausgespuckt hatte. Sie zog den Ausdruck mit dem *Jumpsuits für Ihn*-Logo hervor.

Die Informationen zum Besitzer standen kleingedruckt am unteren Rand, wie schon von der Empfangsdame erwähnt.

Olli Oinonen. Das war nicht das erste Mal, dass Miia auf diesen Namen stieß. Der gleiche Name war ihr bereits untergekommen, als sie vor einiger Zeit im Arbeitszimmer ihres verstorbenen Vaters gestöbert hatte. In einem alten Schuhkarton für Nokia-Gummistiefel war sie auf Briefe gestoßen, die an Olli Oinonen gerichtet waren, doch Mutter war nicht bereit gewesen, ihr zu sagen, wer das war.

Der Einzige, der ihr weiterhelfen konnte, war Nikke. Vermutlich würde er ihr wieder nicht antworten, aber versuchen konnte sie es ja.

»Suski am Apparat!«, erscholl es fröhlich am anderen Ende der Leitung.

»Gib mir mal Nikke«, sagte Miia schnell, obwohl sie schon am Klang der Stimme erkannt hatte, dass ihre Freundin in ausgezeichneter Plauderstimmung war.

»Er ist ins Fitnessstudio gegangen und hat das Telefon hier vergessen. Aber gut, dass du anrufst, ich muss mit dir reden!«

»Ich habe gerade gar keine Zeit«, sagte Miia mit einem Anflug von schlechtem Gewissen. Gerade für Suski hätte sie Zeit haben müssen! Suski war ihre beste Freundin und immer für sie da, ungeachtet dessen, dass auch sie gerade eine nicht ganz leichte Zeit durchmachte. Nikke und Suski versuchten schon seit Jahren, ein Kind zu kriegen, aber Suski wurde einfach nicht schwanger, obwohl sie schon eine Reihe von künstlichen Befruchtungsmethoden ausprobiert hatten. »Wo ist Nikke denn?«

»Na beim Sport. Er hat gerade so eine Fitnessphase und war das ganze Wochenende über auf irgendeinem Laufcamp.«

»Laufcamp, soso.« Miia musste grinsen. Vor ihrem Auge erschien das Bild von Nikke, wie er bei Aikku auf dem Sofa saß. Es tat ihr weh, dass ihre Freundin offensichtlich so ahnungslos in Bezug auf das Treiben ihres Mannes war. Aber sie würde ihren Bruder nicht bloßstellen, zumindest noch nicht.

»Lass uns später telefonieren.«

»Komm doch am Abend vorbei«, in Suskis Stimme lag jetzt ein flehender Ton.

»Ich weiß nicht ...«

»Nikke hat irgendeine Abendveranstaltung des Psychologenverbandes in Hyvinkää, und er sagt, dass er dort übernachten wird. Ich mache uns ein schönes Moussaka, und einen guten Wein habe ich auch zu Hause.«

Die Verlockung, Suskis Angebot anzunehmen, war groß. Ein paar Gläser guten Rotweins in der Gesellschaft einer guten Freundin waren genau das, was sie jetzt brauchen könnte, aber sie durfte nicht. Sie hatte keine Zeit zu verlieren. Die Polizei würde die Leiche und Miias

Fingerabdrücke finden, noch bevor sie die erste Flasche entkorkt hätten.

»Ein anderes Mal«, sagte Miia und beendete das Gespräch.

13

»Hallo Lauri. Bist du allein zu Hause?«

Lauri betrachtete den Besucher durch einen schmalen Türspalt. Auf der Treppe stand mit krummem Rücken und schmuddeligem Mantel ein Mann, dessen graue Haare in alle Richtungen abstanden.

»Wir haben uns schon einmal getroffen. Kriminalkommissar Korhonen«, sagte der Mann und streckte die Hand aus, die Lauri allerdings nicht ergriff. Polizei. Was wollte die hier? Hatte etwa jemand gesehen, wie er mit der Waffe herumhantierte?

Korhonen wirkte einen Tick entspannter als bei ihrer letzten Begegnung, bei der Lauri auf dem Polizeirevier zu Tonis Machenschaften vernommen worden war. Toni hatte mit seinen Kumpels ein Sexvideo gedreht, auf dem auch die Anfang Herbst verschwundene Laura Anderson zu sehen war. Das Ganze war nichts als eine Gaudi gewesen, doch nachdem es sich im Internet verbreitet hatte, wurde Lauri zu den Bullen gerufen, da auch er kurz im Video auftauchte.

Hinter Korhonen stand ein zweiter, jüngerer Mann. Etwas an seiner Erscheinung erinnerte Lauri an einen Marder. Die Augen des Mannes tasteten unentwegt die Umgebung ab und der Körper führte die ganze Zeit kleine, ruckartige Bewegungen aus. Der zweite Mann streckte nun ebenfalls seine schmale Hand aus und sagte seinen Namen, doch Lauri hörte nicht darauf, was er sagte.

In der Reihe erschien noch eine dritte Hand, die offensichtlich einer Frau gehörte, auch wenn sie nicht besonders zart war. Die Nägel waren rot lackiert und auf dem Handrücken zeichneten sich deutlich dicke, bläuliche Adern ab.

Wie bei Mutter, stellte Lauri fest. Mutter hatte gesagt, die seien ein Andenken an jene Zeit, als sie ihn und Toni durch die Gegend getragen hatte. Seit damals waren auch bei ihr die Adern zu sehen und ihre Armmuskulatur hatte unmerklich zugenommen.

Lauri ergriff diese Hand und hinter dem Rücken des Marders trat eine traurig lächelnde Frau hervor, die sich als Emilia vorstellte. Emilias Händedruck war warm und fest, und Lauri hätte gern einen Augenblick länger darin verharrt.

»Können wir reinkommen«, murmelte Korhonen, Lauris Griff lockerte sich und Emilia zog ihre Hand zurück. Lauri dachte an die Waffe, die oben auf dem Fußboden lag. Er konnte die Polizisten jetzt nicht hereinlassen.

»Jetzt passt es gerade nicht.«

»Es wäre aber gut, wenn es passen würde«, sagte der Marder und tat ein paar ungeduldige Schritte Richtung Flur.

»Es passt aber nicht. Ich habe ...« Lauri versuchte, sich eine glaubhafte Erklärung einfallen zu lassen, und sah, wie Korhonen mit Emilia und dem Namenlosen Blicke wechselte.

»Nun lasst uns schon reingehen«, sagte Emilia, stieß die Tür auf und marschierte an Lauri vorbei ins Haus.

»Kannst du uns sagen, wo dein Bruder ist?«, fragte der Marder kurz darauf, als sie alle im Wohnzimmer Platz genommen hatten. Die Polizisten hatten sich auf dem Sofa niedergelassen und Lauri hatte sich auf Korhonens Aufforderung hin in den Sessel gegenüber gesetzt.

»Ich weiß nicht, wo er ist«, antwortete Lauri mit leicht unsicherer Stimme. Verflucht. Warum hatte er so einen Schiss, er sagte schließlich die Wahrheit. Er wusste wirklich nicht, wo sein Bruder war. Jetzt musste er seine Nerven im Zaum halten. Wenn die Polizisten anfingen, an seinen Worten zu zweifeln, würden sie mit Sicherheit das ganze Haus durchsuchen und dann würden die Schwierigkeiten erst losgehen.

»Kannst du ihn anrufen?«, bat Emilia.

»Ich habe es heute schon ein paar Mal probiert. Er geht nicht ran«, sagte Lauri und schob die Hände unter die Oberschenkel, damit die Polizisten nicht bemerkten, dass sie zitterten. Er schaute kurz in Richtung Marder. Dieser starrte auf seine Hände.

»Wo verbringt er seine Zeit?«

»Keine Ahnung.«

»Du hast keine Ahnung?«, schnaubte Korhonen.

»Fällt dir irgendwas ein, wie wir in Kontakt mit Toni treten könnten? Vielleicht über Facebook, WhatsApp oder E-Mail?«, erkundigte sich Emilia und schaute ihm wieder voller Anteilnahme in die Augen. Lauris Blick glitt instinktiv zum Kissen neben Emilia, unter dem sich das Telefon befand, mit dem er, so hatte Toni versprochen, ihn immer erreichen könnte.

»Was wollt ihr von Toni? Hat er irgendetwas angestellt?«

Korhonen, der in der Mitte saß, beugte sich nach vorn und blickte sich um. Wie auf Befehl neigten auch die anderen beiden ihren Oberkörper nach vorn. Es war hektisches Getuschel zu hören, von dem Lauri nur ein Wort aufschnappen konnte: Jugendschutz.

Was hatte denn Toni nun schon wieder angestellt? Hatte er sich wieder mit einer Minderjährigen eingelassen, oder warum ging es hier um Jugendschutz? Wegen Toni gewiss nicht, der war schon volljährig. Warum quälten sie ihn, hatte er nicht schon genug Sorgen?

»Ich habe schon lange nichts mehr von meiner Mutter gehört«, hörte Lauri sich sagen. »Sie ist auf Dienstreise bei den Yankees, aber normalerweise ruft sie mich jeden Tag an.«

Korhonen schnellte vom Sofa hoch.

»Welpe, geh mal in die Küche und koch dem Jungen eine Tasse Kakao«, sagte er zum Marder.

Der Marder, der offenbar Welpe hieß, eilte in die Küche und war augenscheinlich froh, der Situation entfliehen zu können. Korhonen ging langsam auf Lauri zu, setzte sich vor ihn auf den Sofatisch und nahm Lauris im Schoß ruhende Hände in seine. Emilia stand jetzt am

Fenster und kehrte ihm den Rücken zu. Ihre Schultern verrieten, dass sie ein Weinen unterdrückte.

Lauri richtete seinen Blick wieder auf Korhonen. Er hatte einen Kloß im Hals, in seinen Ohren rauschte es und er fürchtete, jeden Moment in Ohnmacht zu fallen.

»Ich versuche doch lieber nochmal, Toni anzurufen«, sagte Lauri, sprang auf und eilte zum Sofa. Er griff nach dem Telefon und rannte aufs Klo.

Das Klingeln schien ewig zu dauern. Lauri setzte sich auf den Klodeckel und starrte seine Zehen an, die in Wollsocken von Toni steckten. Wo war er bloß? War ihm ebenfalls kalt? Lauri zumindest fror und zitterte am ganzen Leib trotz seines dicken Wollpullis und der Socken. Da machte das Klingeln eine Pause.

»Lauri?« Toni klang so wütend, dass Lauri keinen Ton rausbrachte. War das jetzt wirklich ein Notfall? Was, wenn die Polizei gekommen war, um Toni zu suchen, und er ihnen jetzt mit dem blöden Telefon half, ihm auf die Spur zu kommen?

»Hallo? Bist du dran? Ich habe dir doch gesagt, du darfst diese Nummer nur wählen, wenn es absolut wichtig ist.« Die letzten Worte brüllte Toni beinahe ins Telefon.

»Du musst nach Hause kommen«, flüsterte Lauri und ließ den Tränen freien Lauf. Verflixt, warum musste er auch vor Toni losheulen. Jetzt würde er bestimmt einfach auflegen.

»Okay. Mach dir keine Sorgen.« Mit einem Mal war

Tonis Stimme völlig verändert und klang wieder so ruhig und sanft wie am Samstagmorgen, als er Lauri gefragt hatte, ob er etwas gegessen hätte. »Bleib ganz ruhig. Ich komme.«

14

Die grellen Leuchtstofflampen des Fitnessstudios ließen Miias müde Augen tränen. Aus den Lautsprechern plärrte so laut Popmusik, dass die Bässe den Brustkorb zum Beben brachten. Wie konnte es ein Mensch in dieser kakofonischen Umgebung bloß aushalten?

Das Fitnessstudio schien gut besucht zu sein. An der Smoothie-Bar im Eingangsbereich brummten die Mixer und Gesundheitsdrinks in verschiedenen Farben wurden in große Trinkflaschen gekippt. Miia betrachte eine Frau, die genussvoll ein Getränk schlürfte, das der Karte nach aus Sellerie, Grünkohl, Chia-Samen und grünem Tee bestand. Man müsste ihr schon eine beträchtliche Summe anbieten, damit sie so etwas trank.

Miia glaubte keine Sekunde daran, dass sie Nikke hier antreffen würde, sie war nur hergekommen, um ganz sicher zu gehen. Sie wusste den wahren Grund: Sie wollte einfach nicht glauben, dass ihr Bruder – schon wieder – gelogen hatte. Miia trat an die Theke und ließ ihren Blick schweifen, um jemanden vom Personal zu erwischen, bei dem sie eine Tageskarte für das Fitnessstudio kaufen könnte. Da fiel ihr Blick auf ein Bild mit goldenem Rahmen an der Wand, auf dem mit einem beeindruckenden Bizeps und breitem Grinsen Antti, oder wie er hier im Studio genannte wurde: der Personal Trainer McCoy, posierte. Jemand hatte an den Rand des Bildes mit goldenem Stift R.I.P. geschrieben. Großer Gott!, dachte Miia und fühlte das bekannte Erstickungsgefühl in sich aufsteigen. Wie sehr sie auch nach Luft schnappte, der Sauerstoff schien nicht bis in ihre Lungen zu kommen. Sie musste schnellstmöglich hier raus und an die frische Luft. Doch ihre Beine verweigerten die Zusammenarbeit, ihre Oberschenkel fühlten sich wie Gummi an, gleich würde sie zur Verwunderung des versammelten Fitnessvolkes auf dem Boden zusammenklappen. Vielleicht sollte auch sie ihre Tage mit einem grünen Smoothie statt mit einer Cola beginnen, möglicherweise lag die Ursache für ihre Panikattacken ja in einer falschen Ernährung.

Miia fühlte, wie ihr die Schweißtropfen die Brust herunterliefen. Das grelle Licht verschwamm vor ihren Augen zu Feuerwerk. Der Fußboden hatte sich in ein bedrohliches Moor verwandelt.

»Ist alles in Ordnung?«

Miia sah zur Seite. Neben ihr am Tresen stand ein Mann und hielt sie mit festem Griff am Arm. Kurz darauf packte er sie und trug sie in das Hinterzimmer.

»Bleib ganz ruhig«, sagte der Mann und legte sie auf eine Massagebank. »Warte, irgendwo habe ich hier ...«

Er hielt ihr eine Papiertüte vors Gesicht und presste sie wie eine Sauerstoffmaske auf ihren Mund. Schon nach wenigen Atemzügen ging es ihr besser. Sie traute sich jedoch noch nicht, die Augen zu öffnen, fühlte aber, wie ihr der Mann über den Unterarm strich.

»Alles gut. Du hattest eine Panikattacke. Ich bin Jere und du bist im Gym, es ist Montag, gleich fünf Uhr. Atme ruhig weiter, bald wird es dir besser gehen.«

Die Papiertüte knisterte, während Jere ruhig auf sie einredete. Miia öffnete vorsichtig ein Auge und sah den gleichmäßig gebräunten, wohlgeformten Oberkörper eines jungen Mannes in einem hautengen, türkisfarbenen GYM24-Shirt über sich. Diesen Mann würde keine Winterdepression aus der Bahn werfen.

»Hallo«, sagte Jere, als er sah, dass Miia ihre Augen geöffnet hatte, und half ihr, sich aufzusetzen. »Geht es dir besser? Kann ich noch etwas für dich tun?«

Ja, du kannst. Fick mich hier und jetzt, dachte Miia und berührte Jeres Brust. Er schien nicht überrascht zu sein, sondern drückte sich im Gegenteil noch näher gegen Miia. Er strich ihr eine Haarsträhne hinters Ohr. »Brauchst du die Papiertüte noch?«

Miia griff nach Jeres Hand und führte sie zwischen ihre Beine.

»Ich brauche etwas ganz anderes«, sagte Miia schweratmend und fühlte, wie der Reißverschluss ihrer Jeans aufgezogen wurde. Jeres Finger fanden zielstrebig den Weg unter ihren String und Miia hörte sich stöhnen. Der Mann wusste wirklich, was sie jetzt brauchte.

Miia schloss ihre Augen. So entspannt hatte sie sich schon eine sehr lange Zeit nicht mehr gefühlt. Genau das hatte sie vermisst und ersehnt. Jetzt wurde ihr das klar. Sie ließ die Jacke von den Schultern gleiten und zog sich mit einer schnellen Bewegung den Strickpullover aus. Sie streifte die Schuhe ab und Jere riss ihr die Jeans vom Leib. Irgendwie hatte er es geschafft, sich gleichzeitig zu entkleiden und Miia blickte gierig auf den perfekten Oberkörper und den sich in voller Einsatzbereitschaft reckenden Penis.

»Komm her«, flüsterte sie.

Jere gehorchte. Er hob sie wieder auf die Massagebank, fasste ihr hart an den Hintern und drang in sie ein.

Eine halbe Stunde später lag Miia völlig erschöpft und schweißüberströmt auf der Yogamatte, zu der sie zwischendurch gewechselt hatten. Jere war genauso energiegeladen, wie sein Äußeres vermuten ließ.

»War das Programm zu hart?«, fragte Jere und knabberte an ihren Brustwarzen. »Oder kannst du noch eine Runde?«

»Es heißt doch, man solle sich beim ersten Mal nicht gleich völlig verausgaben. Ich mache gern an einem anderen Tag weiter, wenn man bei euch immer so ein gutes Training bekommt«, sagte Miia und setzte sich auf. Die Kleidungsstücke waren über den ganzen Boden verstreut. Als Erstes fand sie die auf einem Haufen liegende Hose.

»Bei uns trainiert man die ersten paar Male mit einem Coach und fährt dann selbstständig mit dem Trainingsprogramm fort.«

Miia lächelte. Nach so einem Mann hatte sie sich gesehnt. Mit lockeren Witzen hatten sie sich gerade gegenseitig zu verstehen gegeben, dass man das Ganze noch einmal wiederholen könnte, jedoch nicht öfter. Perfekt.

»Ach, das eben Vollbrachte soll ich ganz allein zustande bringen? Da habe ich aber viel zu üben«, grinste Miia und zog ihre Stiefel an.

»Möchtest du die Trainingsanleitungen schriftlich?«

»Sicher, schickst du sie per Mail?«

Als sie angezogen war, fiel Miia wieder ein, warum sie eigentlich hierhergekommen war. Sie musste Nikke finden und herauskriegen, wer dieser mysteriöse Olli Oinonen war, der Saastamoinens Büroräume angemietet hatte.

»Kannst du mir das Studio zeigen? Ich war noch nie hier.«

Jere zog zweifelnd die Augenbrauen hoch: »Heißt das ...?«

»Nein, ganz im Ernst.«

»Willst du einen Gemüsesmoothie?«, fragte Jere nach ihrem Rundgang.

»Habt ihr auch Cola?«

»Die Getränkeautomaten sind abgeschafft worden, nachdem die Eigentümerin angefangen hat, sich für Rohkost zu begeistern.«

»Tiina Ojantaus?«, fragte Miia und schaute zur Tür der Männerumkleideräume. Nikke war nicht im Studio gewesen, aber es war durchaus möglich, dass er gerade duschte. Wenn sie noch ein paar Worte mit Jere wechselte, würde sie ihn vermutlich herauskommen sehen.

»Genau.«

»Kennst du sie gut?«

»Wie man es nimmt ... Also sagen wir es so, ich habe eine Zeit lang mit ihr ein regelmäßiges Trainingsprogramm durchgeführt.«

Miia grinste. Er hatte also ein Verhältnis mit Tiina Ojantaus gehabt. »Und jetzt trainiert sie nicht mehr mit dir?«

»Nein.«

»Warum nicht?«

Er zuckte mit den Schultern. »Wahrscheinlich fand sie, McCoy sei der bessere Trainer.«

Miia fühlte, wie ihr Herz mehrere Schläge aussetzte.

»Ich muss jetzt gehen«, sagte sie und stürmte aus der Tür. Auf dem Parkplatz konnte sie es nicht länger unterdrücken. Das Erbrochene ergoss sich in einem feinen Bogen auf den mit einer dünnen Schneeschicht bedeckten Rasen.

15

Vor dem Vortragssaal herrschte Gedränge. Isabella war keineswegs die einzige Zuhörerin, die ein paar Worte mit dem Hauptredner wechseln wollte. Aber sie wollte auch nicht zu eifrig wirken, also ließ sie die anderen bereitwillig vor. Sie wollte als Letzte im Saal bleiben, um Sam Ghisonis volle Aufmerksamkeit zu erhalten.

Ehrlich gesagt war die Diskussion rund um die Wechseljahre ausgesprochen langweilig gewesen. Doch Isabella störte das nicht im Geringsten. Sie hatte die ganze Zeit auf Sam gestarrt. Er war genauso, wie sie ihn sich vorgestellt hatte: groß, attraktiv, selbstbewusst und gut gekleidet, wahrscheinlich ein Anzug von Boss. Seine Hände hatten sich im Takt seiner Worte bewegt und er hatte offensichtlich auch Humor. Das hatte Isabella herausgehört, auch wenn sie die Redebeiträge, die sich um trockene Schleimhäute und die Wichtigkeit von Phantasien bei der Behandlung von nachlassender Libido drehten, sonst nicht so genau verfolgt hatte. Als die Diskussion endlich vorbei war, hatte sie schnell im Spiegel der Puderdose ihr Make-up überprüft, über ihre Lippen geleckt, damit sie feucht schimmerten, und sich vom Stuhl erhoben.

»Hello, my name is Isabella«, sagte Isabella, als die anderen Zuhörerinnen den Saal endlich verlassen hatten.

Er schaute sie lächelnd an und ergriff ihre ausgestreckte Hand.

»Hallo Isabella, ich bin Sam.«

Isabella sah den Mann überrascht an. Plötzlich erinnerte sie sich nicht mehr daran, was sie sagen wollte. Wie konnte es sein, dass er finnisch sprach?

Sam zauberte ein sonniges Lächeln aufs Gesicht und griff sachte nach ihrem Arm.

»Ich nicht besonders gut finnisch sprechen, aber ich habe üben für Arbeit. Große Business hier in Finnland.«

»Kein Problem. Das heißt ... ich wollte mich nur für die Diskussion bedanken. Gute Kommentare. Vielen Dank«, sagte sie und löste sich vorsichtig aus Sams Griff. Sie verschwand am besten, bevor sie vollends das Gesicht verlieren würde.

Wie hat das nur so schieflaufen können? Sie hatte alles so schön geplant. Sie hatte vorgehabt, das Gespräch schnell darauf zu lenken, dass sie *Wellness&Spirit* und damit auch die Produkte von Sams Unternehmen vertrat. Aber nein. Sams unerwarteter Sprachwechsel hatte sie völlig gelähmt und in ihr wieder die pickelgesichtige Teenagerin zum Vorschein gebracht, unsicher, unentschlossen und naiv.

Isabella zog die Saaltür hinter sich zu und wiederholte auf dem Weg zu ihrem Stand Dutzende Male ihr Mantra: »Ich bin schön, selbstbewusst und erfolgreich.« Der Stand war umringt von Kunden – die Messeangebote waren gut angenommen worden. Sie vergaß für kurze

Zeit die misslungene Begegnung und tat, was sie am besten konnte: Reden und Verkaufen. Mit den Problemen finnischer Frauen mittleren Alters kannte sie sich aus: Sie hatten sich von ihren Männern entfremdet, ganz für die Kinder aufgeopfert und zugenommen, obwohl sie »eigentlich nichts« zu sich nahmen. Jetzt empfanden sie keine Lust mehr, hatten allerlei Wehwehchen und wurden von Müdigkeit und Antriebslosigkeit geplagt.

Die meisten erzählten ihr von irgendeiner Freundin Marjut oder Kaisa und deren Leiden, über das sie überraschend gut Bescheid wussten. Gemeinsam überlegten sie dann, was Marjut am besten essen und worüber sie nachdenken, welchen Sport sie treiben und wie sie den Problemen in ihrer Beziehung und den Veränderungen in ihrem Körper begegnen sollte. Daraufhin kauften die Frauen für ihre »Freundin« eine gewaltige Menge Wellnessprodukte ein und versprachen, auch Isabellas Literaturtipps weiterzugeben, die sie genauestens in ihrem Notizbuch notiert hatten. Beim Abschied schauten sie Isabella vertrauensvoll und entschlossen in die Augen: Sie glaubten an die Möglichkeit der Veränderung. Und Isabella sagte jeder von ihnen, wie glücklich sich ihre Freundin schätzen könnte, dass es jemand gab, der sich so um sie kümmerte.

Es war viertel vor vier und Isabella gähnte leicht. Sie hatte fast eine Stunde mit einer Frau im Rentenalter über Ernährung und Bewegung diskutiert, doch die Kundin war am Ende schnurstracks an einen Stand der Konkurrenz marschiert und erdreistete sich sogar, auf dem Rückweg Isabella begeistert vorzuschwärmen, wie günstig sie dort jene Kapseln erstanden hatte, die Isabella ihr gerade wortreich empfohlen hatte. Ihr war das Lächeln für diesen Tag vergangen und es war Zeit, nach Hause zu gehen. Auch dieser Job hatte das wachsende Defizit in ihrer Kasse nicht verringern können, das entstanden war, nachdem sie sich Tiina Ojantaus' Team angeschlossen hatte. Normalerweise strich Isabella nach Misserfolgen nicht die Segel, sondern gab erst auf, wenn sie ihr Ziel erreicht hatte, doch diesmal konnte sie einfach nicht mehr. Die wichtigste Mission des Tages war kläglich gescheitert und irgendwie kam sie nicht darüber hinweg, sooft sie sich auch ihr Mantra vorbetete.

Isabella hob ein paar Bonbonpapiere ihrer Sanddorndrops auf und schaltete die Kasse aus. Auf dem Weg zur Garderobe nahm sie ihr Handy aus der Handtasche und klickte Tinder an. Vielleicht hatte ja jemand ihr Bild geliked und ihr damit ein bisschen Trost gespendet.

Isabella blieb mitten auf der großen Treppe der Messehalle stehen. Jemand hatte tatsächlich ihr Bild mit einem *Like* versehen – und dieser Jemand war Sam Ghisoni.

16

Miia reichte dem Taxifahrer ihre EC-Karte. Der Fahrer schaltete das Licht ein und tippte die auf dem Taxameter angezeigte Summe in das Kartenlesegerät ein. Es war gerade dunkel geworden.

Nachdem sie aus dem Fitnessstudio gekommen war, hatte sie geradewegs die nächste Pizzeria angesteuert und beim Warten auf ihre Bestellung Informationen zu Tiina Ojantaus gegoogelt. Sie hatte die gleiche Operation schon einmal durchgeführt, aber damals im Internet nicht den kleinsten Hinweis darauf gefunden, was Tiina Ojantaus mit jenem mysteriösen Engelschmuck zu tun hatte. Laut Isabella hatte Ojantaus den Schmuck schon lange bevor sie *Wellness&Spirit* gegründet hatte, geschenkt bekommen. Damals hatte Miia noch gedacht, dass es vielleicht doch reiner Zufall war, dass Venla und Laura genau den gleichen Anhänger getragen hatten. Doch nachdem sie jetzt von der Beziehung zwischen Antti und Ojantaus gehört hatte, war sie sich sicher, dass Ojantaus mit dem Verschwinden der Mädchen etwas zu tun hatte. Und mit der Leiche in Saastamoinens Auto, die möglicherweise die Bloggerin Madde war, fügte sie im Geiste hinzu. Auch an Maddes Hals hatte erst vor wenigen Tagen der Engelschmuck geglitzert.

Sie musste Tiina Ojantaus unbedingt erreichen. Bei der Auskunft erfuhr sie, dass deren Nummer geheim war. Die Schule hätte die Nummer mit Sicherheit gehabt, aber der Gedanke, deswegen bei ihrer Arbeitsstelle anzurufen oder sogar dort hinzugehen, behagte ihr ganz und gar nicht. Also musste sie sich direkt in die Höhle des Löwen begeben, in die Strandvilla der Familie Ojantaus. Falls nicht alles nach Plan laufen sollte, konnte sie immer noch ihre Sorge um die schulischen Leistungen von Toni und Lauri als Grund für ihren Besuch vortäuschen.

Bevor sie das Taxi bestellte, warf Miia noch einen Blick in Ojantaus' Facebook-Profil. Ihr war immer noch unklar, warum Nikke und Mikael Tiinas Facebook-Freunde waren, aber das war jetzt zweitrangig. Im Moment hatte sie keine allzu große Lust, einen von beiden zu treffen oder zu kontaktieren. Dafür wurde ihre Aufmerksamkeit auf einen Mann namens Sam Ghisoni gelenkt, der seinerzeit Ojantaus' Aktualisierungen kommentiert und geliked hatte. Als sie seinen Namen googelte, fand sie heraus, dass er Italiener war und in einem Wellnessunternehmen in der Art von *Wellness & Spirit* arbeitete. Außerdem hatte er an einer Podiumsdiskussion zum Thema »Sexualität im Alter« auf der Messe »Sei Du selbst« teilgenommen. Miia erinnerte sich, irgendwo gelesen zu haben, dass Ojantaus in jungen Jahren als Model gearbeitet hatte. Vielleicht war sie ja damals auch in Italien gewesen und hatte den Schmuck von Ghisoni bekommen. Egal. Die Hauptsache war jetzt, Saastamoinen zu finden.

Der Vollmond zog über den Himmel und das unruhige Meer glitzerte in den gewaltigen Fenstern des Glaspalastes, so als ob das Haus der Ojantaus aus lauter Diamanten bestehen würde. Miia wollte gerade die Klingel drücken, als sie sah, dass die Haustür offen stand. Durch den schmalen Spalt fiel ein dünner Lichtstrahl. Das Licht kam aus dem Zimmer am Ende des Flures.

Miia ging ins Haus und zog die Tür hinter sich zu. Das Einschnappen des Schlosses hallte im Flur wider. Falls jemand zu Hause war, hatte er sicher gehört, dass jemand ins Haus gekommen war.

Sie spürte, wie ihr das Adrenalin in die Adern schoss. Ihre Hand wanderte automatisch zum Gürtel, doch sie blieb leer. Zum zweiten Mal innerhalb kurzer Zeit wünschte sie sich, sie hätte ihre ehemalige Dienstwaffe dabei. Das letzte Mal war, als sie auf den Felsen am Ufer um ihr Leben gekämpft hatte. An der Wand im Flur lehnte ein Golfschläger, der musste diesmal als Waffe herhalten. Sie nahm ihn fest in beide Hände und ging weiter ins Haus hinein.

Nach einer schnellen Runde musste Miia feststellen, dass niemand da war. Sie war in allen Zimmern gewesen und hatte im Schein der Taschenlampe ihres Handys gesehen, dass sie sehr ordentlich, aber leer waren. Es sah aus, als ob das Haus gerade aufgeräumt worden war. Keine einzige Spur von Tiina, Lauri oder Toni. Selbst der Kühlschrank sah leergeräumt aus. Bevor sie wieder ging, wollte sie noch einen Blick in den Raum werfen, aus dem das Licht kam. Es war das Badezimmer, auch wenn es genauso groß war wie ihr Wohnzimmer. Genau genommen war Heim-Badebereich eine passendere Bezeichnung für den riesigen, mit marokkanischen Fliesen gekachelten Raum, in dessen Whirlpool mindestens fünf Personen Platz hatten. Miia trat ins Bad und ging vorsichtig auf die Toilette und den darüber hängenden Spiegelschrank zu. Sie wollte sehen, was sich darin verbarg. Womöglich allerlei Pillen und Schlafmittel, mit denen Tiina Ojantaus abends herunterfuhr, nachdem sie den Tag über das Leben ihrer Angestellten zur Hölle gemacht hatte?

In dem Moment war ein Klirren zu hören. Miia schaute sich panisch um und sah, dass sie mit dem Golfschläger eine kleine Elefantenstatue und die sich darauf befindliche Orchidee heruntergerissen hatte. Die Pflanze lag mit blanken Wurzeln auf dem Fußboden und daneben waren die Reste des in viele kleine Teile zersplitterten Blumentopfs verstreut.

Miia kam nicht bis zur Tür. Irgendjemand drückte sie von außen zu und trotz aller Anstrengungen, sie wieder aufzudrücken, bewegte sie sich keinen Millimeter.

»Toni?«, rief sie. Sie wusste auch nicht, warum ihr als Erstes Toni in den Sinn kam. Toni Ojantaus hatte schon immer etwas an sich gehabt, das sie hellhörig machte. »Ich bin's, Miia.«

Der nächste Gedanke war, dass Tiina Ojantaus die Tür zugesperrt hatte. Und dass Antti doch nur ihr Scherge gewesen war und sie hinter den Morden an Laura und Saska stand. Und jetzt würde sie Miia umbringen, damit die Sache nicht ans Licht käme.

Miia rannte zur gegenüberliegenden Wand und versuchte, die Tür in der Ecke, die vermutlich zur Sauna führte, zu öffnen. Doch die Tür war verschlossen. Tiina hatte alles perfekt geplant. Vielleicht hatte die Haustür mit Absicht offen gestanden und vielleicht ... der Gedanke verursachte ihr Gänsehaut ... vielleicht war auch Jere nur ein Köder gewesen, an dem sie mit Sicherheit anbeißen würde. Sie rannte zur Waschkommode und zog die Schubfächer auf. Schließlich fand sie, was sie suchte. Mit einer dünnen Haarnadel in der Hand eilte sie zurück zur Saunatür und bekam tatsächlich nach kurzem Mühen das Schloss auf. Hinter der Tür befanden sich allerdings keine Saunabänke, sondern ein gemütlicher Swimmingpool mit Bar und, was das Beste war, einer Fensterfront. Miia griff nach dem erstbesten Stuhl und warf ihn durch das Fenster. Das Klirren des Glases vermischte sich mit dem Geräusch eines Schusses, der vom Strand her zu hören war.

Miia vergrößerte das Loch in der Scheibe, indem sie dagegentrat, zog sich ihre Jacke über und rannte hinaus ins Dunkle. Sie lief in Richtung Wald, der gleich hinter dem Grundstück begann, und registrierte aus den Augenwinkeln einen roten BMW, der vor das Haus preschte.

17

Isabella betrat um 19.08 Uhr das Restaurant »Piazza«.

Sie hatten sich für sieben verabredet, doch Isabella hatte absichtlich langsam gemacht und war vor Schaufenstern stehen geblieben, obwohl sie wusste, dass sie spät dran war. Sie wollte nicht zu übereifrig wirken. In vielen Dating-Ratgebern wurde empfohlen, den Mann warten zu lassen. Nicht allzu lange, doch gerade so viel, dass er befürchten musste, seine Chance verspielt zu haben.

Im Eingangsbereich stand ein Türsteher, der Isabella mit englischem Singsang begrüßte und nach ihrer Tischreservierung fragte. Als Isabella Sams Namen erwähnte, lächelte er breit: »Oh, natürlich, Mr. Ghisoni!«

Isabella ließ ihren Blick durch das Restaurant streifen. Der große Raum war hoch und gedämpft beleuchtet. Die Tische waren nebeneinander auf drei Ebenen angeordnet. Isabellas Herz machte einen Sprung, als der Türsteher sie zum Orchesterpodest begleitete. Sie wusste, dass sie gut aussah. Im Laufe der Jahre hatte sie gelernt, sich so zu kleiden, dass sie gleichzeitig elegant und lässig wirkte. Das Einzige, was die vollendete Erscheinung störte, waren ihre schwitzenden Hände. Darunter hatte sie schon immer gelitten und nichts hatte geholfen: weder der Verzicht auf Kaffee noch eine milchfreie Ernährung oder ein Extrakt aus Mangrovenwurzeln, ein *Wellness & Spirit*-Produkt, das normalerweise gegen die verschiedensten Leiden half.

Sam saß mit dem Rücken zu ihr, doch seine elegante Erscheinung war nicht zu übersehen. Der graue Anzug saß perfekt, die auf dem Tisch ruhenden Hände waren tadellos gepflegt. Unwillkürlich stellte sie sich vor, wie die Hände ihre Haut berührten. Isabella wischte ihre Hände kurz an ihrem Kostüm ab. In dem Moment sprang Sam von seinem Stuhl auf und gab ihr erfreut einen Kuss auf beide Wangen.

»Bella!«, rief er aus und half ihr aus dem Mantel. Dann reichte er den Mantel an den Türsteher weiter, zog Isabella einen Stuhl heran und bat sie, sich zu setzen.

»Ein wunderbarer Abend! Großartig, dass du gekommen bist!« Sam sprach mit dem gleichen fremdartigen Akzent wie das Restaurantpersonal. Isabella lachte leise und zeigte beim Lächeln ihre tadellosen Zähne.

»Danke schön. Danke für die Einladung.«

Sam erhob sein Sektglas und Isabella griff nach ihrem, das nach den Bläschen zu urteilen schon einen Moment auf dem Tisch gestanden hatte.

»Auf einen schönen Abend!«

»Auf einen schönen Abend!«, wiederholte Isabella und nippte an ihrem Glas. Auf jeden Fall war das Getränk noch kalt.

Sam reichte ihr die Speisekarte und vertiefte sich selbst in die Weinkarte. Als sie die Karte in der Hand hielt, bemerkte sie, dass ihre Hände zitterten. Was war nur mit ihr los? Normalerweise kam sie mit jeder Situation klar. Jetzt war sie erleichtert darüber, dass die Speisekarte umfangreich war und es eine Weile dauern würde, bis sie gewählt hatte. Es fiel ihr immer schwer, das passende Essen bei einem Date auszuwählen. Aus Angst, sich die Kleidung zu beschmutzen, schieden alle Gerichte mit Tomatensoße aus, was in einem italienischen Restaurant etwa die Hälfte aller Gerichte ausmachte. Auch Pizza kam nicht in Frage, obwohl es diese hier offensichtlich auch ohne Tomatensoße gab, weil sie nicht als gefräßig gelten wollte. Allerdings wollte sie auch nicht den Eindruck einer Anorektikerin erwecken. Oder einer Mäkelsuse, die sich nicht traute, neue Geschmacksrichtungen auszuprobieren.

Isabella betrachtete unauffällig Sams Gesicht hinter der Karte. Er war offensichtlich jünger als sie, aber es war schwer zu schätzen, wie viele Jahre. Seine Haut war gebräunt und seine Augenbrauen dunkel, doch seine Augen waren hell, eher grün als bräunlich.

»Gibt es etwas, das du besonders gern magst?«, fragte Sam und schaute sie an.

Isabella hob die Karte wieder vors Gesicht. »Eigentlich nicht, es hört sich alles sehr gut an.«

»Bist du einverstanden, wenn ich alle durcheinander bestellen?«

Isabella lachte. Samis seltsames Finnisch ließ sie entspannter werden. Die Grammatikfehler ließen die sonst so makellose Erscheinung menschlicher wirken.

»Danke, das ist eine sehr gute Idee«, sagte Isabella und legte die Speisekarte erleichtert auf den Tisch.

Nachdem Sam die Bestellung in sprudelndem Italienisch aufgegeben hatte und die Sektgläser geleert waren, fühlte Isabella, wie ihre Hände wieder feucht wurden. Und was jetzt? Worüber sollten sie jetzt sprechen, da der offizielle Teil hinter ihnen lag? Über die Wechseljahre? Oder Gleitcremes?

Isabella wischte sich ihre Hände am Rock ab und trank ihr Wasserglas mit einem Schluck aus. Sam betrachtete sie forschend. Dann hob er die Hand und zeigte, nachdem er Blickkontakt zu einem Kellner hatte, auf ihre Sektgläser.

»Ist alles in Ordnung?«, fragte er dann und schaute sie beruhigend an.

»Ja, durchaus.«

»Du scheinst nicht sehr oft auf Tinder-Dates zu gehen, oder?«

»Ähm, nein. Das ist mein zweites Mal. Tinder ist ein netter Zeitvertreib, aber wenn das Angebot so groß ist, dann fällt es schwer, sich zu entscheiden, mit wem man sich wirklich treffen will«, sagte Isabella und merkte, dass ihr Puls wieder schneller geworden war. Aber gleichzeitig wurde ihr klar, warum sie so aufgeregt war: Seit langer Zeit saß vor ihr wieder einmal ein Mann, an dem sie ernsthaft interessiert war und den sie wirklich wollte. »Ich bin schön, selbstbewusst und erfolgreich«, sagte sie still vor sich hin.

»Geht mir genauso. Aber es ist eine nettes Art, Menschen kennenzulernen, wenn man unterwegs ist. Um zu fragen, wo man gute essen gehen kann oder was man sich ansehen sollen.«

Isabella nickte.

»Aber es ist auch sehre nett, eine schöne Frau treffen, die sich auch noch für die gleiche Dingen interessiert.«

Isabella sah ihn überrascht an.

»Ich meine Gesundheit und Wohlbefinden.«

Isabella entfuhr ein Seufzer der Erleichterung. Dankbar nahm sie vom Kellner ein Glas Prosecco entgegen.

»Cin cin«, sagte sie beschwingt. »Sorry, aber ich bin ehrlich gesagt leicht nervös.«

»Erzähl mir doch einfach etwas von dir. Zum Beispiel etwas aus deine Kindheit?« Sam legte seine warme, weiche Hand auf ihre.

Als Isabella endlich ihre Erzählung von ihrem boshaften kleinen Bruder, ihren Teenie-Jahren, ihren Freunden, ihrem »nettes Mädchen«-Syndrom und vielen anderen, vielleicht etwas zu intimen Dingen beendet hatte, saßen sie bereits zwei Stunden in dem Restaurant. In dieser Zeit hatten sie gemischte Vorspeisenteller und Salat gegessen und Sam außerdem von jener gefürchteten Spaghettisoße, die – wie sollte es auch anderes sein – auf sein Hemd getropft war, was von Sam jedoch nur mit einem Lachen quittiert worden war. Sam hatte einen schweren Amarone bestellt und Isabella hatte einen leichten Schwips. Aber das störte sie nicht. Genau genommen störte sie rein gar nichts mehr. Sam war aufrichtig an ihr und ihrem Leben interessiert, nickte und stellte Fragen, aber vor allem hörte er zu!

»Fühlst du dich bei deine Arbeit wohl?«, fragte Sam und reichte ihr das vom Kellner gebrachte Tiramisu.

»Ja und nein. Ich mag es, zu helfen und Leute zu beraten, aber die Chefin ... na ja, die Chefin ist ein wenig ...«, Isabella illustrierte ihre Worte durch kreisende Bewegungen des Zeigefingers in Höhe ihrer Schläfe. Sam lachte.

»Unsere Firma arbeitet ja mit Tiina Ojantaus zusammen.«

Isabellas Gabel verharrte auf halbem Weg. Wie konnte sie nur so blöd sein. Natürlich kannte Sam Tiina und würde ihr sicher brühwarm erzählen, was sie gesagt hatte.

»He, mach dir keine Sorge. Tiina und ich sind nicht befreundet. Sie brauche nicht einmal zu wissen, dass wir uns getroffen habe.« Sam griff nach Isabellas Hand und streichelte sie beruhigend. »Gehen wir noch irgendwo anders hin? Und reden über anderen Dinge?«

Isabella sah ihn mit großen Augen an und versuchte, eine Bestätigung für das Gefühl zu finden, ihm vertrauen zu können.

»Komm, ich habe Spaghetti in mein Hemd geschmiert, versucht dich zu beeindrucken und zu schweres Wein bestellt, und jetzt habe ich dich auch noch verletzt! Gib mir noch eine Chance!«

In diesem Augenblick klingelte Sams Telefon. Es hatte den ganzen Abend auf dem Tisch gelegen und mitunter recht intensiv geblinkt. Doch jetzt klingelte es zum ersten Mal.

Sam erhob sich und ging schnellen Schrittes zum Ausgang.

»Può ripetere?«

Isabella sah ihm nach. Seine Stimme klang total anders als noch einen Augenblick zuvor. Alle Wärme, Fröhlichkeit und Zuvorkommenheit waren verschwunden. Es hatte auch alles zu perfekt gewirkt!

Isabella zog ebenfalls ihr Telefon hervor. Nicht ein einziger verpasster Anruf, keine Nachricht, nicht einmal eine Facebook-Benachrichtigung. Sie hatte es ja geahnt, dass sie einfach zu gewöhnlich für Sam war. Sie war ein Niemand und Sam ein gutaussehender und erfolgreicher Geschäftsmann, der sich sicher nicht über mangelndes Dameninteresse beklagen konnte.

Isabella fühlte, wie ihr jemand auf die Schulter fasste. Als sie sich umdrehte, blickte sie in zwei dunkelgrüne Augen.

»Vielmals Entschuldigung!«, sagte Sam und gab ihr einen Handkuss. »Hältst du es für absolut ausgeschlossen, mich noch auf eine Absacker zu begleiten? Ich würden mich sehr darüber freuen.«

Isabella dachte an ihre kleine, dunkle Einzimmerwohnung und all die Döschen und Gläschen, die sie in ihrem Kellerverschlag untergebracht hatte und die sie trotz aller Anstrengungen heute nicht hatte verkaufen können.

»Okay. Noch einen Drink«, sagte sie lachend.

18 Ihr Haus war nur noch wenige hundert Meter entfernt. Sie war den ganzen Weg von der Strandvilla bis hierher gerannt und jetzt konnte sie nicht mehr. Sie hatte keine Alternative, sie wollte in ihren eigenen vier Wänden sein. Sie wusste, dass sie auch dort nicht unbedingt sicher war, aber wohin hätte sie denn sonst gehen sollen?

Als sie sich ihrem Haus näherte, sah sie, dass vor ihrer Haustür jemand stand. Die Gestalt hatte sich gegen die Wand gelehnt und ließ den Kopf hängen. Es war unmöglich zu sagen, ob es ein Mann oder eine Frau war. Miia ging vorsichtig ein paar Schritte näher und atmete vor Erleichterung auf. Es war Korhonen. Der Mann sah fürchterlich erschöpft aus. Sobald sie in ihrer Wohnung wären, würde sie ihm einen starken Kaffee kochen. Sie wollte ihm gerade einen Gruß zurufen, als ihr plötzlich in den Sinn kam, dass Korhonen ja vielleicht gar nicht allein gekommen war.

»Miia! Was für ein Zufall, ich stehe nämlich gerade ...«, sagte eine vertraute Stimme kurz darauf am Telefon.

»Ich weiß, wo du bist. Bist du allein?«

Der Beton, auf dem sie saßen, war kalt, doch diesmal musste er als Sitzgelegenheit genügen. Miia wollte Korhonen doch lieber nicht hereinbitten, denn ihre Küche war immer noch ein totales Chaos nach ihrer Grübelattacke, die sie in der vorletzten Nacht gepackt hatte.

Wenn Korhonen das sah, würde er sofort feststellen, dass irgendetwas nicht stimmte.

»Wie geht's?«, fragte Korhonen. »Wir haben uns lange nicht gesehen.«

»Gut so weit. Und dir?«, entgegnete Miia und fühlte einen Schauer über den Rücken laufen.

»Nach Saskas Tod ist nichts mehr wie früher«, sagte Korhonen und rieb sich die Augenlider. »Damit muss man wohl leben. Für Annikki ist es sehr schwer.«

Miia beschloss zu schweigen. Was hätte sie auch sagen können? Er hatte seinen Enkel verloren. Sie saßen lange schweigend nebeneinander. Schließlich stand Korhonen auf und schüttelte seine Beine wie ein Hund, der aus dem Wasser kommt.

»Wir haben eine neue Leiche«, grummelte Korhonen kaum hörbar.

»Ist es Madde?« Miia hielt die Luft an. Jetzt hatten sie die Leiche gefunden und die Verfolgungsjagd begann. Nun würde es auch nicht mehr lange dauern, bis sie auf ihre Fingerabdrücke stießen.

»Madde? Wer ist Madde?« Korhonen sah Miia forschend an.

»Na, wer ist es denn dann?«, fragte Miia erleichtert.

»Tiina Ojantaus. Sie ist erschossen worden.«

Die Erleichterung wich im Handumdrehen panischem Entsetzen. Tiina Ojantaus war umgebracht worden. Erst vor wenigen Minuten war sie in deren Haus gewesen. Nun fand man also ihre Fingerabdrücke auch dort. Sie musste Saastamoinen unbedingt auftreiben, bevor ihr die Polizei auf der Spur war.

»Ist schon klar, wer es war?«

»Nein.«

»Antti hatte Recht. Es wird noch mehr Leichen geben.«

Nachdem Korhonen weg war, ging Miia so schnell sie konnte in ihre Wohnung und ins Bad. Ihre Finger waren ganz starr vor Kälte. Am Morgen hatte sie in der Eile ihre Handschuhe zu Hause vergessen. Sie drehte das heiße Wasser auf und betrachtete ihre Hände, die feuerrot waren. Nach und nach wich der dumpfe Schmerz einem Stechen, so als ob die Finger eingeschlafen gewesen wären. Miia drehte den Hahn zu und schaute zum Spiegel hoch. Auf dem Spiegel stand mit grellrotem Lippenstift geschrieben: MIIA.

19

»Haben Sie ein Zimmer reserviert?«, fragte die Dame an der Rezeption und schaute in Richtung Eingang, als erwartete sie wichtigere Gäste.

Lauri schaute fragend zu Toni. Es war schon fast Mitternacht und sie hatten bereits in drei Hotels in der Helsinkier Innenstadt vergeblich nach einem Zimmer gefragt. Das »Kämp« war ihr letzter Strohhalm. Lauri wollte endlich schlafen. Wenn es nach ihm gegangen wäre, hätten sie auch zu Hause bleiben können, aber Toni hatte gemeint, sie müssten das Haus verlassen. Lauri hatte versucht, dagegenzuargumentieren, dass er vom Zentrum aus einen sehr weiten Weg bis zur Schule in Palokaski hatte, aber Toni fand, die Schule wäre jetzt zweitrangig. Die Direktorin und die Lehrer würden sicher verstehen, wenn er nicht auftauchte.

»Man kann bei Ihnen doch sicher auch ohne Reservierung übernachten«, sagte Toni und trommelte unruhig auf die Rezeptionstheke.

»Selbstverständlich, aber ...« Der Satz blieb unvollendet und die Rezeptionistin streifte Lauri und Toni mit einem prüfenden Blick, bevor sie wieder konzentriert auf den Computer schaute.

»Aber was? Sind Sie ausgebucht?«

»Das nicht, aber ...« Die Frau verstummte schon wieder und auch die auf die Tastatur einhämmernden Finger hielten inne. Sie denkt, wir haben kein Geld, dachte Lauri.

»Sind wir etwa keine akzeptablen Gäste für dieses Haus? Oder worum geht es hier?«, fragte Toni schon einen Ton aggressiver.

»Na ... einige Gäste sind noch nicht angereist.«

»Und was ist das hier?«, zischte Toni und drehte ein Schild in Richtung Rezeptionistin. »Check-in bis 22 Uhr. Es ist ja wohl schon deutlich drüber. Ich würde sagen, du guckst jetzt endlich nach einem passenden Zimmer für uns!«

»Lass uns doch nach Hause gehen«, sagte Lauri und zog Toni am Ärmel, doch dieser zog seinen Arm weg.

»Wir gehen nirgendswohin.«

»Ich denke, es ist das Beste, Sie gehen jetzt, oder ich rufe den Wachdienst«, sagte die Frau und traute sich immer noch nicht, ihnen in die Augen zu blicken. Was an sich kein Wunder war, denn Toni war langsam richtig geladen. Wenn Lauri seinen Bruder nicht gekannt hätte, würde auch er glauben, dieser stünde unter Drogen oder sei zumindest betrunken. Es war schwer vorstellbar, dass dies der gleiche Mensch war, der erst wenige Stunden zuvor so überzeugend vor den Polizisten und den Sozialamtsmitarbeitern aufgetreten war, dass Lauri trotz allem bis auf weiteres zu Hause bleiben durfte.

Toni riss Lauri den verschlissenen Fjällräven-Rucksack von der Schulter und knallte ihn auf die Theke.

»Jetzt rufe ich aber wirklich den Sicherheitsdienst«, rief die Empfangsdame und wollte gerade den Hörer abheben, als sie sah, was sich im Rucksack befand.

Toni wedelte mit einem Bündel Tausend-Euro-Scheinen vor der Frau und knallte eine schwarze American Express auf die Theke. Woher um Himmels willen hatte sein Bruder so viel Geld? »Bestehen Sie auf Bargeld oder akzeptieren Sie vielleicht doch Kartenzahlung?«

»Ich habe doch ausdrücklich gesagt, zwei getrennte Betten«, brüllte Toni, als sie das Hotelzimmer betraten. »Oder etwa nicht?«

Lauri nickte, obwohl er sich nicht sicher war, ob er so etwas aus Tonis Mund gehört hatte. Er hatte nichts dagegen, ein King-Size-Doppelbett mit seinem Bruder zu teilen, wenn er nur endlich etwas schlafen könnte. Er schob seine Sporttasche mit ein bisschen Unterwäsche und der Waffe aus dem Schrank mit dem Fuß unters Bett. Seine Mutter war ermordet worden und Nora verschwunden. Woher sollte er wissen, ob er nicht auch in Gefahr war?

»Du kannst ja auf dem Sofa schlafen. Ich finde es ganz okay«, murmelte Lauri und schleuderte die Schuhe in die Ecke. Die Klamotten würde er anlassen und das Zähneputzen konnte auch ausfallen. Die Augenlider fielen ihm zu, sobald er sich waagerecht in die weißen Laken gebettet hatte. Es störte ihn nicht im Geringsten, dass Toni sich auf seiner Seite des Bettes herumwälzte, durch die Fernsehkanäle zappte und sich lautstark über die miese Qualität des Programms ausließ.

Lauri träumte von seiner Mutter. Sie räumte sein

Zimmer auf, dessen Boden mit Sand bestreut war. Doch so viel sie auch kehrte, der Sand wurde nicht weniger. Plötzlich sank sie in den Sand ein und war schließlich ganz verschwunden. An Mutters Stelle erschien Nora und streckte ihm um Hilfe flehend die Hand entgegen. Bevor Lauri irgendetwas tun konnte, war auch Nora so schnell verschwunden, wie sie erschienen war.

Als Lauri am Morgen die Augen aufschlug, brauchte er einen Moment, bevor er wusste, wo er sich befand. Das Zimmer war rabenschwarz, nur der frische Duft der Laken brachte ihm die Ereignisse des gestrigen Abends in Erinnerung. Und, dass Mutter tot war.

Lauri schaltete das Licht über dem Bett ein und schaute sich um. Es war acht Uhr. Mit einem Blick neben sich stellte er fest, dass das Bett neben ihm leer war. Als er aufstand, sah er, dass auch Tonis Sachen verschwunden waren. Alles, was er vorfand, waren ein paar Tausend-Euro-Scheine, ein Handy und ein Zettel auf dem Tisch:

GUTEN MORGEN, BRUDER!
ICH HAB WAS ZU ERLEDIGEN UND MUSSTE SCHON LOS. HIER IST GELD UND EIN NEUES TELEFON. WIRF DAS ALTE WEG. DAS ZIMMER IST FÜR EINEN MONAT BEZAHLT. ICH RUFE DICH AN, SOBALD ICH KANN.

Verflucht nochmal, Toni! Lauri fegte mit einer wütenden Handbewegung Geld und Handy auf den Fußboden. Warum hatte er Toni bloß geglaubt? Er hätte wissen müssen, dass er seinem Bruder scheißegal war. Eigentlich war er allen scheißegal. Mutter hatte ihn allein gelassen. Und jetzt auch Toni. Er hatte niemanden mehr außer Nora, aber auch sie war verschwunden. Er musste sie finden und der einzige Mensch, der ihm dabei behilflich sein konnte, war die Sonderpädagogin Miia Pohjavirta.

Die Fahrt hatte insgesamt 23 Stunden gedauert. Venla stand im Gang des Zuges und wartete darauf, dass die Toilette frei wurde. Sie stand bestimmt schon seit fünf Minuten in dem engen stickigen Vorraum und zweifelte langsam daran, ob überhaupt jemand auf dem Klo war. Sie war verschwitzt und müde, aber bis zum Bersten voll mit Erwartungen. Bis zum Ziel ihrer Reise war es laut Fahrplan noch etwa eine Stunde. Doch so viel hatte sie über den italienischen Zugverkehr inzwischen schon gelernt, dass sie nicht daran glaubte, so bald den Zielbahnhof zu erblicken. Die Reise durch Deutschland war ohne Probleme verlaufen. Venla hatte einen Teil ihrer Reisekasse in Batterien investiert und ihr Walkman spielte ununterbrochen. Die grünen Felder waren wie beim Schnellvorlauf vorbeigerauscht. Schließlich hatte sie Basel erreicht und dort den Zug gewechselt, der sie in ein kleines italienisches Dorf gebracht hatte.

Die Tür der Toilette ging auf und ein etwa fünfzigjähriger Mann kam heraus, der sie vom Scheitel bis zur Sohle musterte und einen langen Pfiff ausstieß. Venla schob sich schnell an ihm vorbei und verriegelte die Tür. In Deutschland hatte man sie in Ruhe gelassen, aber seitdem sie sich auf italienischem Boden befand, hatte sie sich an Pfiffe, Schnalzgeräusche, Augenzwinkern und noch viel direktere Anmache gewöhnen müssen. Während sie in dem kleinen italienischen Ort auf den Zug nach Rom gewartet hatte, war sie plötzlich von einem Haufen Jungs umringt worden. Keiner der Jungen sprach englisch, aber der Zeichensprache nach waren sie auch gar nicht daran interessiert, mit ihr zu reden, sondern an ganz anderen Dingen. Zum Glück waren drei Nonnen dazwischen gegangen, hatten die Jungs vertrieben und so lange mit ihr auf dem Bahnsteig gewartet, bis der Zug einfuhr und sie sicher einsteigen konnte.

Venla holte Seife aus ihrem Rucksack und stopfte ihr zerknittertes T-Shirt hinein. Sie wollte versuchen, sich ein bisschen frisch zu machen, bevor sie am Ziel ihrer Reise ankam. Es war nicht einfach, sich auf der engen Toilette zu waschen. Aus dem Hahn lief kein Wasser, also musste sie sich mit ihrer Wasserflasche begnügen. Sie wusch sich unter den Achseln, kämmte ihre Haare, toupierte ihren Pony und band das übrige Haar mit einem rosafarbenen Haargummi zusammen. Dann zog sie ein hübsches Blümchenkleid an, das sie extra für diesen Moment mitgenommen hatte.

Als sie an ihren Platz zurückkam, hatte Venla einen neuen Banknachbarn bekommen, einen sehr großen, sehr lauten und nach Schweiß riechenden Herren, der ununterbrochen rauchte und offensichtlich in Plauderlaune war. Es schien ihn auch keineswegs zu stören, dass Venla kein Wort verstand und zum Schluss sogar die Kopfhörer aufsetzte.

Venla wurde wach, als sie der Schaffner an der Schulter ruckelte: »Roma Termini! Roma Termini!«

Venla sprang auf, setzte ihren Rucksack, der ihr als Kissen gedient hatte, auf und eilte zur Tür. Durch die geöffnete Waggontür strömte schwüle, schwere Luft. Es roch nach einer Mischung aus intensivem Rasierwasser, verdorbenem Obst, Schweiß und frischen Erdbeeren. Die Menschen eilten hin und her, nur sie wusste nicht, welche Richtung sie einschlagen sollte. Jemand stieß sie mit dem Ellenbogen in die Seite, ein anderer rammte seinen Koffer in ihre Wade. In einiger Entfernung riefen sich zwei wild mit den Händen gestikulierende Männer etwas zu. Italien war genau so, wie sie es sich vorgestellt hatte. Voller Leben. Voller Gefahren. Voller Möglichkeiten.

Nachdem sie etwa eine Stunde gelaufen war, wurde ihr klar, dass sie sich verlaufen hatte. Sie hatte eine von Luca gemalte Karte dabei, aber obwohl sie auf der langen Zugfahrt versucht hatte, den Weg auswendig zu lernen, fand sie sich plötzlich auf völlig anderen Straßen wieder. Außerdem konnte der auf der Karte eingezeichnete Weg unmöglich so lange dauern. Venla setzte sich an den Rand einer kleinen Piazza neben einen Eisladen und studierte Lucas Karte erneut. Dann stand sie auf und schaute nach den Namen aller von der Piazza wegführender Gassen. Keine der Gassen war auf der Karte verzeichnet. Sie musste entweder raten, welches die richtige Richtung war, oder jemanden nach dem Weg fragen.

Venla ging zu dem schnurrbärtigen Eisverkäufer, reichte ihm die auf kariertes Papier gezeichnete Karte und erklärte ihm ihre Situation auf Englisch. Kurz darauf bekam sie eine riesige Eiswaffel mit grünem Eis in die Hand gedrückt. Was sollte denn das? Sie hatte doch gar kein Eis bestellt. Sie versuchte, das Eis zurückzugeben, doch der Mann schüttelte wild mit dem Kopf und streckte seine Hand aus. Sollte sie jetzt etwa bezahlen? Aber sie hatte keine italienischen Lire dabei. Venla zog ein Fünfmarkstück aus der Tasche und legte es in die Schale auf dem Tresen. Dieser nahm die Münze in die Hand, betrachtete sie skeptisch und warf sie dann wütend nach Venla. Sie ergriff schnell ihren Rucksack und rannte begleitet von einem Schwall italienischer Verwünschungen davon. Erst als die Stimme des Mannes endlich nicht mehr zu hören war, traute sie sich stehen zu bleiben.

Die Mittagshitze war lähmend. Sie war hungrig und durstig. Ihr letztes Wasser hatte sie zum Waschen verwendet und abgesehen von dem Eis hatte sie seit zwölf Stunden nichts gegessen. Ihre Füße waren geschwollen und voller Blasen, das aus synthetischen Fasern bestehende Kleid klebte ihr am Körper. Mindestens zehn Menschen hatte sie nach dem Weg gefragt, sie war an der Hand von Häuserblock zu Häuserblock geführt worden, man hatte ihr starken Kaffee angeboten, den sie höflich ablehnte, doch ihr Ziel hatte sie immer noch nicht gefunden. Sie lief bereits zum vierten Mal jene Straße entlang, wohin sie seit etwa einem Jahr Briefe geschickt hatte. Doch die Häuser hatten keine Nummern und in der ganzen Straße gab es kein Haus, in dem Luca wohnte. Keine goldenen Türklinken, keine drei Meter hohen Türen oder mundgeblasenen Fensterscheiben. Es gab nur endlose Müllberge am Straßenrand, vorbeieilende Mütter in Hauskleidern und mit Papilloten im Haar, in Hauseingängen sitzende alte Männer und Fußball spielende Kinder. Das konnte doch nicht sein. Sie war durch halb Europa gereist, um zu Luca zu kommen, und als sie endlich in dessen Heimatstadt angekommen war, gelang es ihr nicht, das richtige Haus zu finden?

Venla setzte sich auf den Bordstein. Eine vorbeidüsende Vespa wich in der schmalen Gasse im letzten Augenblick aus, um ihr nicht über die Zehen zu fahren, und wäre fast mit einem entgegenkommenden Auto zusammengestoßen. Das Hupkonzert hallte lange nach. Venla drehte nicht einmal den Kopf, ihr war es völlig egal. Sollte doch ein Auto sie überfahren! Sie hatte keinen Ort, an den sie gehen konnte, und nach Hause würde sie nicht zurückkehren. Das stand fest.

Aus der gegenüberliegenden Bäckerei trat ein über und über mit Mehl bestäubter junger Mann auf die Straße. An der weißen Schürze klebten Teigreste und der Saum seiner Jeans war ausgefranst. Er holte eine Packung Zigaretten aus dem hochgekrempelten Ärmel seines Hemds, klopfte sich eine Zigarette auf den Handrücken und zog sie mit den Lippen heraus. Als er den ersten Zug genommen hatte, bemerkte er Venla.

20

Korhonen warf einen Blick durch den Türspalt in den Raum und sandte ein kurzes Dankesgebet an die höheren Mächte, dass der Raum dunkel war. So nett, kompetent und freundlich Emilia auch an ihrem ersten Arbeitstag aufgetreten war, ihre Effektivität – ganz zu schweigen von ihrer furchterregenden Systematisierungswut – verursachte bei ihm ein mittelstarkes Gefühl der Beklemmung. Emilia organisierte, ordnete, heftete ab und manipulierte unauffällig. Sie wollte für ihre Leistungen kein Lob, vielmehr schüttete sie den Dank reichlich über anderen aus. Und genau aus dem Grund erinnerte ihn Emilias bloße Existenz an all das, was bei ihm nicht in Ordnung war. Selbst an der Schwelle zum Rentenantritt vermochte er immer noch nicht, alle Fäden in der Hand zu halten.

Wenn er genauso effektiv und pedantisch wäre wie Emilia, hätte er dann seinerzeit aufklären können, was mit Venla Pohjavirta geschehen war?

Korhonen setzte sich an seinen Schreibtisch und war zufrieden, dass er einen Moment lang in Ruhe unvollkommen sein durfte. Der alte Bürostuhl quietschte unter ihm und die Lehne gab genau so viel nach, dass er halbwegs bequem saß. Er legte die Füße auf den Tisch und schloss die Augen. Das hatte er sich nicht ein einziges Mal zu tun gewagt, seit Emilia hier aufgetaucht war. Die Gelegenheit war sogar günstig für ein kleines Nickerchen, doch der Schlaf wollte sich nicht einstellen. Korhonen bekam das Treffen mit Miia nicht aus dem Kopf. Nikke hatte ihn vorgestern angerufen und gebeten, Miia zur Vernunft zu bringen. Miia wäre nicht bereit zu glauben, dass das Verschwinden von Laura Anderson und das darum herum entstandene Wirrwarr an Verbrechen aufgeklärt waren. Auch Korhonen musste zugeben, dass sich seine ehemalige Kollegin heute mehr als seltsam verhalten hatte, selbst wenn man in Betracht zog, dass sie in letzter Zeit Schlimmes durchgemacht hatte. Korhonen kannte Miia gut genug, um zu merken, dass irgendetwas nicht stimmte.

Korhonens Gedanken wurden jäh unterbrochen, als die Tür energisch geöffnet wurde und Emilia hereinstürmte, den Arm ausgestreckt wie eine Fremdenführerin.

»Lassen sie uns hier hineingehen und ganz von vorn beginnen.«

Emilia warf Korhonen einen Blick zu, woraufhin dieser unverzüglich die Füße vom Tisch nahm, aufstand, seine Krawatte richtete, sich räusperte und sein Jackett zuknöpfte. Hinter Emilia betrat ein Ehepaar den Raum, das ihm bekannt vorkam.

»Kriminalkommissar Korhonen ist genau die richtige Person, um sich anzuhören, was Sie auf dem Herzen haben«, fuhr Emilia fort und zog zwei Stühle von der Wand vor den Schreibtisch. »Die Hyvärinens sind gekommen, um eine Vermisstenanzeige aufzugeben.«

Korhonen schritt um den Tisch herum und reichte dem Paar die Hand. »Kari Korhonen. Wir haben uns schon mal gesehen, wenn ich mich recht erinnere.«

Ihre letzte Begegnung lag noch keinen Monat zurück. Damals saß zwischen dem Mann und der Frau eine Teenagerin, die behauptete, Laura Andersons Mörder an jenem denkwürdigen Abend auf den Uferfelsen in Palokaski gesehen zu haben. Es war nicht schwer zu erraten, dass sie zuallererst die Aufmerksamkeit auf sich lenken und erst an zweiter Stelle den Schuldigen hinter Gitter bringen wollte.

Die Hyvärinens setzten sich vorsichtig auf die Stühle, als ob sie fürchteten, dass auch nur eine einzige plötzliche Bewegung die ganze Welt zum Einstürzen bringen könnte. Und da lagen sie gar nicht so falsch, wurde Korhonen plötzlich bewusst. Er war schon früher in vergleichbaren Situationen gewesen und nicht immer hatten die Geschichten ein glückliches Ende genommen.

»Unsere Nora ist ...«, begann Taina Hyvärinen, konnte den Satz aber nicht zu Ende sprechen.

»Möglicherweise ist sie auch bei einem Freund oder einer Freundin ...«, fuhr Risto Hyvärinen fort und griff nach der Hand seiner Frau. Taina Hyvärinen presste die Augen zusammen, holte tief Luft und fuhr dann fort:

»Genau. Vielleicht bei jemandem, den wir noch nicht erreicht haben. Man kann doch nicht alle Freunde und Bekannten seiner heranwachsenden Tochter kennen, oder?«, fragte die Frau und schaute Emilia an, als ob sie von ihr eine Bestätigung für ihre Behauptung erhoffte.

»Lassen Sie uns noch einmal von vorn beginnen«, sagte Emilia und nickte Korhonen zu. Es dauerte einen Moment, bevor er verstand, was sie von ihm wollte. Korhonen knipste die Mine seines Kugelschreibers heraus und nahm einen Block aus dem Schreibtischfach. »Wann haben Sie Nora zuletzt gesehen?«

»Am Freitag«, flüsterte Taina Hyvärinen und brach in Tränen aus. Ihr Mann suchte mit seiner freien Hand nach einem Taschentuch und reichte es ihr.

»Nora wollte das Wochenende bei einer Freundin verbringen und hat gesagt, sie kommt Montag nach der Schule wieder nach Hause«, fuhr der Vater fort.

»Wie heißt die Freundin?«, fragte Emilia, noch bevor Korhonen seinen Mund öffnen konnte. Vielleicht war es das Klügste, in der Rolle des Sekretärs zu verbleiben und den anderen das Reden zu überlassen.

Taina Hyvärinen schluchzte laut auf und drückte den Kopf gegen die Schulter ihres Mannes.

»Das genau ist das Problem«, seufzte der Mann. »Wir wissen es nicht.«

»Wir haben sie nicht danach gefragt«, sagte die Mutter mit tränenerstickter Stimme. »Wir Idioten haben es versäumt, sie zu fragen, zu wem sie will.«

»Und Sie haben alle Freunde durchtelefoniert?«, mischte Korhonen sich ein.

»Aber sicher«, entgegnete Risto Hyvärinen beinahe wütend. »Doch keiner von ihnen wusste etwas über Noras Aufenthaltsort.«

»Nora hatte ... nicht besonders viele Freunde«, fuhr die Mutter mit leiser Stimme fort.

Korhonen wollte gerade zur nächsten Frage ansetzen, aber wieder kam ihm Emilia zuvor: »Hatte sie einen Freund?«

»Nein«, antwortete der Vater, »aber der Sohn von Tiina Ojantaus hat in den letzten Wochen viel Zeit bei uns verbracht.«

Emilia schaute Korhonen bedeutungsvoll an.

»Lauri oder Toni?«, fragte sie mit einem kaum wahrnehmbaren Zittern in der Stimme.

»Lauri.«

»Es wird ihr doch nicht so ergangen sein wie ...«, Taina Hyvärinen schluckte und zwang sich zu den folgenden Worten: »... so wie Laura?«

»Zum jetzigen Zeitpunkt sollten wir noch keine voreiligen Schlüsse ziehen. Die wahrscheinlichste Erklärung ist immer noch die, dass Nora aus eigenem Willen an einem Ort ist, den wir noch nicht kennen. Als ich damals in Amerika an der Uni war, haben wir einen Fall studiert, bei dem ein Mädchen verschwunden war und wenig später tot aufgefunden wurde. Bald darauf verschwanden weitere Mädchen. Zum Schluss stellte sich heraus, dass sie alle ihr Verschwinden vorgetäuscht hatten, um ebenso viel Aufmerksamkeit und Bekanntheit zu erlangen wie das tote Mädchen.«

Korhonen sah Emilia überrascht an. Es fiel ihm schwer, dieser Theorie Glauben zu schenken. Selbst wenn man in Betracht zog, dass Nora schon einmal als aufmerksamkeitsheischende Betrügerin entlarvt worden war. Sein Blick glitt über das Klassenbild am Schreibtischrand.

»Spielten bei Nora die Hormone verrückt?«, fragte Korhonen und begriff selbst, wie seltsam seine Frage klingen musste.

»Entschuldigung, wie bitte?«, Taina Hyvärinen erhob sich von ihrem Stuhl und starrte Korhonen offenkundig entsetzt an.

»Ich meine, hat sich Ihre Tochter in letzter Zeit irgendwie merkwürdig verhalten? Hat sie geweint oder Wutanfälle bekommen?«

»Ich verstehe nicht ganz, worauf Sie hinauswollen.« Auch Risto Hyvärinen hatte sich erhoben und schob seine Frau vor sich her zur Tür. »Das war wohl erstmal alles. Sie informieren uns sicher, wenn Sie irgendetwas herausfinden«, fuhr er zu Emilia gewandt fort.

»Selbstverständlich. Wir kümmern uns«, sagte Emilia mit einem freundlichen Lächeln.

»Eine Frage noch. Hatte Nora vielleicht so einen ...«, begann Korhonen und ließ den Blick über seinen Schreibtisch gleiten. Verdammt, Emilia hatte alles durcheinandergebracht. »Wo ist er denn jetzt?«

»Was suchst du?« Emilia kam zum Tisch und zog einen Stapel Plastiktüten aus der Schublade. Auf der obersten klebte ein gelber Notizzettel, auf dem stand »Fotos«.

Korhonen kippte den Inhalt des Schubfachs auf den Tisch und zog einen Augenblick später ein Foto aus dem Haufen, auf dem der Engelanhänger zu sehen war.

»Nein. Den habe ich noch nie gesehen«, entgegnete Risto Hyvärinen kühl, reichte ihm die Hand zum Abschied und ging aus dem Raum.

21 Ein Katzenjunges sprang mit ausgefahrenen Krallen auf einen schlafenden Hund. Der mindestens fünfzig Kilo schwere Retriever zuckte nicht einmal, sondern setzte seinen Schlaf ungerührt fort. Mirri gab jedoch nicht auf, sie wollte spielen oder mindestens von dem Hund beachtet werden. Sie schlich sich an den Schlafenden heran, hob ihr kleines Tätzchen und tippte damit rhythmisch auf die Hundeschnauze. Keine Reaktion.

Pasi Tikka fühlte eine Berührung an der Schulter und klickte das Katzenvideo automatisch in den Hintergrund. Die Frau, die am nächsten Schreibtisch saß, hatte ihm auf die Schulter getippt und zeigte nun auf den quer durch das Großraumbüro verlaufenden Korridor. Pasi fiel ihr Name nicht ein, obwohl sie schon seit ein paar Tagen auf dem Platz neben ihm arbeitete. Diese freien Mitarbeiter, Vertretungen und Praktikanten kamen und gingen, es lohnte nicht, sie näher kennenzulernen. Bald würde auch diese Frau irgendwo anders arbeiten.

Die stattliche Erscheinung des Chefredakteurs Tötterman kam den Gang herunter. Seine Hand fuchtelte und seine Lippen bewegten sich. Offensichtlich hatte sein Chef ihm irgendetwas mitzuteilen, so scharf wie er Pasi mit seinem Blick fixierte. *An End Has a Start* von Editors hatte gerade jene Stelle erreicht, an dem die Gitarren absolut genial klangen. Es ärgerte ihn zutiefst, spätestens in ein paar Sekunden die Kopfhörer absetzen zu müssen. Die Editors verkörperten für ihn all das, was in der heutigen Welt noch für Geist und Schönheit stand. Tötterman hingegen stand mit seiner ganzen Erscheinung für den Niedergang. Wenn man ihn sah, wurde schnell klar, dass jene Zeiten, in denen die Zeitungen noch die Leuchttürme der Nation waren, längst vorüber waren. Die Aufgabe der Journalisten bestand nicht mehr darin, den Weg im Dunkeln zu weisen, unermüdlich nach der Wahrheit zu suchen und Missstände aufzuklären. Heute bemaß sich der Erfolg journalistischer Arbeit danach, möglichst viele Klicks für einen Onlineartikel zu erhalten. Das, was zählte, waren vereinfacht ausgedrückt die Pobacken von Reality-Sternchen.

Pasi seufzte ergeben, legte die Kopfhörer auf den Schreibtisch und öffnete Twitter. Tötterman war schon auf Schlagdistanz herangekommen. Pasi spürte, wie sich die in dessen Mundwinkel sammelnden Spucketropfen auf seinem Gesicht verteilten.

»Tikka! Ich habe eine Story für dich: Der Fluch von Palokaski!«

Pasi fühlte, wie sich sein Puls beschleunigte. Er hatte schon so viele Artikel über die verschwundenen Mädchen geschrieben und absolut keine Lust, sich noch einmal mit diesem Thema zu befassen. Außerdem hatte der Fall der vor einigen Monaten verschwundenen Laura Anderson in ihm Erinnerungen geweckt, die er lieber für immer vergessen hätte.

»Was ist passiert?«

»Tiina Ojantaus ist tot«, sagte Tötterman und ein breites Grinsen glitt über sein Gesicht.

»Tiina Ojantaus? Was hat die Onlinemarketing-Queen mit den verschwundenen Teenagerinnen zu tun?«

»Nichts.«

»Und warum sprichst du dann von einem Fluch von Palokaski?«, fragte Tikka und drehte sich zu seinem Computer, um Tötterman zu signalisieren, dass er hier etwas Wichtigeres zu tun hatte, als sich belangloses Geschwafel anzuhören. Zum Beispiel interessierte es ihn brennend, ob es dem Katzenjungen gelungen war, den Hund aufzuwecken.

Tötterman griff nach der Lehne seines Stuhles und drehte ihn zu sich herum. »Im Wald wurde eine Leiche gefunden. Die Polizei ermittelt wegen des Verdachts auf ein Tötungsdelikt. Du gehst da jetzt hin und findest heraus, worum es geht. Das ist ein Scoop! Joggerin findet tote Skandalmillionärin!«

Pasi schüttelte seine Bürolatschen von den Füßen. Es half wohl nichts, er musste wieder los und die Einwohner von Palokaski interviewen. Den Job beherrschte er, schließlich war er selbst ein ehemaliger Bewohner des Vorortes Palokaski und außerdem noch Tiina Ojantaus' Ex-Klassenkamerad, um genau zu sein. Den letztgenannten Umstand hätte er allerdings am liebsten vergessen.

»Also, ruf deine alte Mutter an und sag ihr, sie soll dir das Bett beziehen und einen Makkaroniauflauf zubereiten«, rief ihm Tötterman, der schon wieder auf dem Weg in sein Büro war, über die Schulter zu. »Mit der Geschichte wirst du sicher eine Weile zubringen. Ich erwarte viele Schlagzeilen und Fotos und am liebsten auch noch ein schockierendes Video. Und schreib auch nochmal über die alten Fälle, über Laura und Venla und wen es da sonst noch gab. Setz dir eine halbe Millionen Klicks zum Ziel, keinen weniger. Eine halbe Million!«

22

Das Whiteboard knirschte, während Emilia es mit einem wasserlöslichen Marker von oben bis unten vollschrieb. Sie hatte nach kurzer Diskussion endlich das Besprechungszimmer zur Verfügung gestellt bekommen. Aus dem Lautsprecher dröhnte Ville Valo, der Emilia immer wieder aufforderte, ihm im Tod Gesellschaft zu leisten. Am oberen Rand der Tafel stand in Druckbuchstaben TIINA OJANTAUS und auf dem danebenstehenden Tisch häuften sich Ordner.

Nachdem Taina und Risto Hyvärinen gegangen waren, hatte Emilia sich auf den Weg in die Polizeiarchive gemacht und alle Unterlagen herausgesucht, in denen Tiina Ojantaus' Name vorkam. Nora Hyvärinen würde schon wieder auftauchen. In ein, zwei Tagen ginge ihr das Geld aus und sie würde reumütig nach Hause zurückkehren. Nachdem sich die Tür hinter den Eltern geschlossen hatte, war Korhonen nochmal kurz auf seine Hormonchaos-Engelanhänger-These zurückgekommen, verstummte aber, nachdem Emilia deutlich gemacht hatte, dass sie Besseres zu tun hatte, als sich seine wilden Theorien anzuhören.

Der gestrige Tag war im Hinblick auf die Ermittlung der Todesursache von Tiina Ojantaus eigentlich verloren gewesen, und je mehr Zeit seit dem Auffinden der Leiche verstrich, umso schwerer würde es sein, den Schuldigen zu fassen.

Als Todesursache wurde ein Genickschuss festgestellt. Die Patrone stammte aus einer Neunmillimeter-Glock, doch die Tatwaffe war noch nicht gefunden worden. Das Modell war das gleiche, das auch die Polizei benutzte. Das hieß jedoch nichts, denn dieser Waffentyp war heutzutage unter Kriminellen weit verbreitet.

Es gab auch keinerlei Hinweise darauf, wie die Leiche in den Wald gelangt war. Die Plastikfolie, in die man sie eingewickelt hatte, war ein gängiges Verpackungsmaterial, das in fast jedem Baumarkt erhältlich war. Augenzeugen hatten sich ebenfalls nicht gemeldet. Die Kriminaltechnik untersuchte im Augenblick gerade Ojantaus' Haus. Ihre Kinder Toni und Lauri waren für Mittwoch zur Vernehmung bestellt und Korhonen überprüfte die Mitarbeiter ihrer Firma nach solchen, die eventuell ein Motiv gehabt haben könnten, sie umzubringen. Niemand schien etwas darüber sagen zu können, wo sich Ojantaus in den letzten Tagen aufgehalten hatte. Lauri Ojantaus hatte ausgesagt, seine Mutter wäre auf einer Dienstreise in den Vereinigten Staaten und er hätte sie in der vergangenen Woche zuletzt gesehen. In den Passagierlisten der Fluggesellschaften fand sich jedoch kein Hinweis auf Ojantaus, ebenso wenig fanden sie eine Buchung auf ihren Namen.

Mit hoher Wahrscheinlichkeit war Tiina Ojantaus schon mindestens zwei Tag tot, als Emilia sie im Wald fand. Das zuständige Ermittlungsteam, zu dem neben Emilia und Korhonen noch zwei Polizeibeamte gehörten, würde spätestens morgen Gewissheit über den Todeszeitpunkt haben. Bis dahin würde Emilia versuchen herauszufinden, wer Tiina Ojantaus eigentlich war.

Der erste Vermerk im Polizeiregister unter dem Namen Tiina Ojantaus stammte aus dem Jahr 1984, als sie zusammen mit Freunden den örtlichen Kiosk ausgeraubt hatte. Venla Pohjavirta, Pasi Tikka und Tiina Ojantaus waren an einem Sommerwochenende mit einer Malerleiter auf den Kiosk geklettert und hatten ganz einfach das Kioskdach zur Seite geschoben. Woher sie wussten, dass das Dach nur mit einigen wenigen Schrauben befestigt war, ist nie geklärt worden. Als die Öffnung im Dach groß genug war, sind sie hineingeklettert und haben Zigaretten, Süßigkeiten und dosenweise *Dr Pepper* in ihre Rucksäcke gestopft. Als der Kioskbesitzer Pekka Kasurinen am nächsten Morgen seinen völlig ausgeräumten Kiosk betrat, wunderte er sich, warum nirgends Einbruchspuren erkennbar waren. Der Fall wäre sicher nie aufgeklärt worden, wenn nicht zufällig Leena Tikka im Rucksack ihres Sohnes statt schmutziger Trainingskleidung zum Waschen drei Stangen Zigaretten gefunden hätte. Nur wenige Tage später hatte im Verhörraum ein reumütiger Junge gesessen, der nach geringem Druck bereitwillig die Namen der anderen Jugendlichen preisgab.

Die nächsten Einträge betrafen Verkehrsdelikte wegen überhöhter Geschwindigkeit. Beim Rest der Fälle handelte es sich um Toni Ojantaus, der mehrere Male betrunken im Einkaufszentrum aufgegriffen und in Polizeigewahrsam genommen worden war, und einmal hatte man ihn beim Beschmieren eines Buswartehäuschens erwischt. Und jetzt war Tiina Ojantaus tot.

Es klopfte an der Tür.

»Wie kommst du voran?« Korhonens rundes Gesicht erschien im Türspalt.

»Danke, ganz gut. Allerdings habe ich nichts von Bedeutung gefunden«, sagte Emilia und stellte die Musik leiser.

»Und bei dir?«

»Es ist wohl das Beste, wir verhören die gesamte Belegschaft. Da scheinen fast alle irgendeine alte Rechnung mit Ojantaus offen zu haben. Möchtest du einen Kaffee?«

»Oh ja, sehr gern. Mit Milch, ohne Zucker bitte.«

Kurze Zeit später erschien Korhonen mit zwei dampfenden Kaffeebechern in der Hand und einem Pappkarton unterm Arm. Er reichte Emilia eine der beiden Tassen.

»Möchtest du mich etwas fragen?«

Emilia nahm einen Schluck Kaffee. »In diesen Papieren wird eine Venla Pohjavirta erwähnt. Ist sie mit der Miia Pohjavirta, die einmal hier gearbeitet hat, verwandt?«

»Venla war Miias Schwester«, sagte Korhonen und stellte den Pappkarton, den er immer noch untern Arm geklemmt hatte, auf den Fußboden.

»War?«

»Venla ist vor mehr als zwanzig Jahren verschwunden.«

»Ach so. Könnte diese Miia eventuell etwas über Tiina Ojantaus wissen? Hatte sie nicht auch ein Verhältnis mit dem Personal Trainer von Ojantaus, der in ihrem Fitnessstudio gearbeitet hat und der die Morde an Laura Anderson und Saska eingestanden hat? Hat Miia eigentlich ihre Dienstwaffe noch?«

»Hier in Palokaski haben wohl alle Tiina Ojantaus gekannt. Ich verstehe nicht so richtig, worauf du hinauswillst«, sagte Korhonen offensichtlich verärgert.

»Ich meine, wir sollten Miia Pohjavirta vernehmen.« Emilia sah Korhonen forschend an, der offensichtlich nicht gewillt war, seine ehemalige Kollegin in den Fall hineinzuziehen. Wurden in Palokaski die Dinge so geregelt? Kein Wunder, dass die Verbrechen nicht aufgeklärt werden konnten.

»Da kannst du gleich ganz Palokaski herbestellen. Wir können ja mit jenen anfangen, deren Nachname mit A beginnt.«

23

Inmitten eines verwilderten Gartens stand ein gräuliches Holzhaus. Rings um das Haus schossen Neubauten und nagelneue Reihenhäuser aus dem Boden. Doch mit diesem Häuschen wirkte das Ganze wie eine Fotomontage aus einer anderen Zeit. Pasi Tikka betrachtete das Haus und fand, es wäre der perfekte Drehort für einen Horrorfilm. Er öffnete den Briefkasten und nahm die Lokalzeitung und einen namentlich adressierten Werbebrief heraus. Dann trat er durch die knarrende Pforte in den zugewucherten Garten.

Die Klingel erschallte irgendwo im Haus. Pasi nahm seine Schlüssel aus der Tasche und schloss auf, ohne zu warten, dass ihm jemand öffnete. Ihm schlug ein muffiger Geruch entgegen. Der Geruch war eine Mischung aus fauliger Luft eines unter Nässe und Feuchtigkeitsschäden leidenden Hauses, dem Geruch einer alten Frau, Tausenden und Abertausenden angebratenen Gerichten und irgendetwas Süßem, vielleicht einer Seife. Es war sein ganz spezieller Lieblingsduft. Der Geruch nach Zuhause.

»Mutter?«

»Hier«, erscholl es aus der Küche.

Leena Tikka saß am Küchentisch und löste Kreuzworträtsel.

»Hallo Pasi, schön dich zu sehen. Hast du Hunger?«

»Ich habe gerade gegessen.«

»Trinkst du einen Kaffee?«

Pasi warf einen kurzen Blick auf die Kaffeemaschine, in der der Kaffee wahrscheinlich schon seit dem Morgen stand.

»Nein, auch nicht, danke. Ich bin gekommen, um eine Sache für einen Artikel zu recherchieren.«

In seinem Zimmer im Obergeschoss hing ein verblichenes Kiss-Poster an der Wand und ein Modellflugzeug an einer Angelschnur von der Decke. Pasi warf seine Tasche aufs Bett und setzte sich daneben. Es war seltsam, wieder hier zu sein. In einem Haus, aus dem er seinerzeit dringend wegwollte und in das er sich nie getraut hatte, Freunde mitzubringen. Das Haus war heute in einem noch viel erbärmlicheren Zustand als damals. Eigentlich war es ein Wunder, dass es überhaupt noch stand. Alle Nachbargrundstücke waren für viel Geld von Grundstückshaien aufgekauft worden, doch Mutter hatte sich geweigert wegzuziehen. Und sie hatte ja Recht. Sollte sie hier wohnen, solange es ging. Wenn sie einmal das Zeitliche segnete, würde Pasi ein hübsches Erbe antreten. Selbst wenn das Haus abrissreif wäre, würde er allein für das Grundstück ein nettes Sümmchen bekommen.

Beim Blick aus dem Fenster sah er überall nichts als Häuser. Dort durch die Pforte war er Venla gefolgt. Ob sie heute noch zusammen wären, wenn Venla damals nicht verschwunden wäre?

Pasi zog den hölzernen Schreibtischstuhl heran, stell

te sich auf ihn und zog, ohne sich strecken zu müssen, einen Pappkarton aus dem obersten Regalfach.

Es schien, als wäre der Pappkarton immer noch versiegelt. Er löste das Klebeband und hob den Deckel. Ganz oben lag die Kassette *Piece of Mind* von Iron Maiden. Darunter ein Klassenfoto, Pasi mit langem Haar und einer Pilotenbrille. Wahrscheinlich wäre er glatt als Hipster durchgegangen: Den Typen auf dem Foto konnte man sich leicht in Brooklyn mit einem *Artisanal Beer* in der Hand vorstellen. Nur die Zahnspange störte ein bisschen. Unten im Karton lagen schwarze Wachshefte, seine Tagebücher aus Jugendtagen. Und ganz unten eine Pornozeitschrift. Pasi blätterte lächelnd darin.

Pasi packte die Zeitschrift zurück in den Karton und legte die Hefte auf den Schreibtisch. Zwischen ihnen fiel ein Briefumschlag heraus, auf dem Venlas Name und Adresse standen. Pasi wurde von schlechtem Gewissen ergriffen, obwohl das Geschehene schon zwanzig Jahre zurücklag. Er war bis über beide Ohren in Venla verliebt und sich gleichzeitig sicher gewesen, dass sich ein Mädchen wie Venla nie mit einem durchschnittlichen Pickelgesicht wie ihm zufrieden gegeben hätte. Er hegte die ganze Zeit den Verdacht, dass Venla einen anderen hatte. Als er dann in Venlas Rucksack einen Brief fand, konnte er sich nicht beherrschen, schnappte den Brief und steckte ihn in die Brusttasche seiner Pilotenjacke. Er hatte vorgehabt, den Brief sofort zurückzugeben, nachdem er ihn gelesen hatte. Doch dazu war es nicht mehr gekommen, denn Venla war verschwunden.

Der Brief stammte von irgendeinem italienischen Brieffreund, also bestand kein besonderer Grund zur Eifersucht. Auch er hatte einen Brieffreund in der DDR gehabt. Ein blonder Lockenkopf, der in irgendeiner kleinen Stadt wohnte. Mit Pasis Deutsch war es nicht weit her, so dass die Zahl der gewechselten Briefe letztendlich recht gering blieb.

Pasi schob den Briefumschlag wieder in den Karton, nahm das oberste Tagebuch vom Stapel und begann zu lesen.

24

Korhonen schloss die Tür zu seinem Zimmer hinter sich und stöhnte erleichtert auf. Diese verdammte Emilia! Zum Glück war er ihr entkommen, bevor sie ihn nach dem Inhalt des Kartons fragen konnte. Wenn sie erfahren hätte, dass er sich wieder mit dem Fall Laura beschäftigte, statt sich auf den Tod von Ojantaus zu konzentrieren, hätte man ihn sicher sofort wieder nach Hause geschickt.

Korhonen musste noch einmal ein paar Details in diesem Fall durchgehen, denn er hatte die starke Vermutung, dass Nora Hyvärinens Verschwinden auf die eine oder andere Weise mit Laura zusammenhing. Es stimmte zwar, dass Pekka Hulkko, der auch unter dem Namen Antti bekannt war, kurz vor seinem Tod den Mord an Laura gestanden hatte. Doch wer sagte, dass er allein gehandelt hatte? Sein Motiv war nach wie vor nicht schlüssig. Vielleicht würde ihn die Klärung des Motivs ja auf Noras Spur bringen.

Korhonen hob aus dem Karton einzeln Gegenstände heraus, die Laura Anderson gehört hatten: Kleidungsstücke, zwei Ringe, einen Abloy-Schlüssel, einige Münzen und ein Feuerzeug. Das würde ihm wohl kaum weiterhelfen, aber irgendwo musste er ja anfangen. Er schob die Gegenstände auf dem Tisch hin und her und erinnerte sich an ein Spiel, das er vor vielen Jahren mit seinen Enkeln gespielt hatte: Bei dem Spiel wurden verschiedene Gegenstände auf einen Tisch gelegt, dann schlossen die Spieler die Augen, während einer von ihnen in der Zwischenzeit einen Gegenstand vom Tisch wegnahm. Als sie ihre Augen wieder öffneten, mussten sie erraten, welcher Gegenstand fehlte. Die Autoschlüssel, durchfuhr es Korhonen. Bei Lauras Sachen fehlten die Autoschlüssel.

Eine halbe Stunde später hatte sich Korhonen die Bänder der Überwachungskamera der Asservatenkammer besorgt und im nahe gelegenen Siwa eine Familienpackung Fertigklopse und zwei Liter Saft gekauft. Das Durchsehen der Überwachungsbänder erforderte Zeit und Nerven, also war es besser, sich gut dafür zu rüsten. Das Beste wäre gewesen, man hätte sich die Bilder mit mehreren Leuten anschauen können, so wie sie es normalerweise handhabten, doch diesmal wollte Korhonen niemanden in sein Projekt einweihen. Nicht bevor er wusste, ob es sich auszahlte. Nachdem Korhonen sich drei Stunden lang Überwachungsbänder im Schnelldurchlauf angesehen hatte, war er Zeuge Dutzender Reinigungen, einiger Archivierungen und zweier leidenschaftlicher Begegnungen zwischen einem Sicherheitsbeamten und der Mitarbeiterin Salonen vom Infotresen geworden. Die Klopse waren alle und er hatte Sodbrennen. Auf dem Band schwang das Reinigungspersonal trotz des schnellen Vorspulens gemachlich den Mopp. In diesem Moment wurde die Tür zu Korhonens Zimmer geöffnet. Der Eindringling war Emilia.

»Ah, sind das Überwachungsbänder aus dem Palast der Ojantaus?«, fragte Emilia fröhlich und schob sich neben Korhonen vor den Bildschirm.

»Nein, das sind ...«, begann Korhonen, wusste allerdings nicht, wie er fortfahren sollte.

»Das ist ja die Asservatenkammer«, rief Emilia überrascht aus. In diesem Moment wurde eine Frauengestalt auf dem Bildschirm sichtbar. Diese ging sicheren Schrittes zwischen die Regale, kam mit einer Tüte in der Hand zurück und schüttete den Inhalt der Tüte auf den Tisch. Plötzlich verschwand die Frau aus dem Bild und Polizeimeister Hartikainen erschien auf dem Bildschirm. Hartikainen begutachtete eine Weile die Gegenstände auf dem Tisch, verschwand dann kurz aus dem Blickfeld und kam mit einem Karton unterm Arm zurück. Dann schaltete er das Licht aus und verließ den Raum. Nach einer Weile waren ein hell leuchtender Fleck, der wahrscheinlich von einem Handy stammte, und der Schatten einer Frau zu sehen.

Ohne ein Wort zu sagen, griff Emilia nach der Maus und spulte ein Stück zurück. Als sie an der Stelle war, wo die Frau neben dem Tisch auf ein paar Autoschlüssel in ihrer Hand starrte, klickte sie auf Stopp.

»Wer ist das?«, fragte sie und sah Korhonen dabei kühl an.

Korhonen kannte die Frau auf dem Band besser, als ihm lieb war. Es war Miia.

25

Miia hatte Lauri gebeten, sich im Wohnzimmer aufs Sofa zu setzen, und war verschwunden. Lauri hatte fünfzehn Minuten lang überlegt, wie er das Loch in seinem Strumpf verbergen könnte. Er schämte sich für den hervorlugenden Zeh. Seine Mutter hätte es sofort gesehen und den Strumpf aussortiert. Es war für sie immer eine Ehrensache gewesen, ihre Jungs in saubere, unversehrte Sachen zu kleiden, auch als sie noch eine mittellose Alleinerziehende war. Sie wollte keinesfalls, dass jemand an ihrer Fähigkeit zweifelte, für ihre Jungs zu sorgen. Lauris und Tonis Punk-Phase, in der sie mit löchrigen Röhrenjeans und schmutzigen Haaren herumliefen, löste bei ihr beinahe einen Nervenzusammenbruch aus.

Lauri setzte einen Fuß auf den anderen und zog den Strumpf zwei Zentimeter nach vorn. Dann verbarg er das löchrige Stück unter dem Fuß. Nun schimmerte keine bloße Haut mehr durch, solange er einfach so sitzen blieb. Aus der Küche war Miias Stimme zu hören. Sie sprach am Telefon, schon als er klingelte, hatte sie telefoniert. Er hatte lange mit der Sporttasche über der Schulter hinter der Tür gestanden, bevor er sich getraut hatte, die Klingel zu drücken. Vor der Wohnungstür einer Lehrerin zu erscheinen, kam für ihn einem Vergehen gleich. Lauri hatte Miia zuerst in der Schule gesucht, war unentschlossen durch die Gänge geschlichen und hatte in die offen stehenden Klassenräume geschaut. Schließlich war die Finnischlehrerin auf ihn aufmerksam geworden und hatte ihn aufgefordert, in seinen Unterricht zu gehen. Da hatte Lauri endlich nach Miia gefragt und erfahren, dass sie krankgeschrieben war.

Eine halbe Stunde später stand er vor der überrascht blickenden Miia, die ihm schließlich mit einem Nicken bedeutet hatte hereinzukommen. Lauri hatte einen Kloß im Hals, aber in Miias Gegenwart fühlte er sich sicher und irgendwie auch geborgen. Und das, obwohl sie nur die Sonderpädagogin war und er sie kaum kannte. Als er vor ein paar Monaten von einem unbekannten Angreifer im Wald zusammengeschlagen und hilflos liegengelassen worden war, hatte er sich auch Miia anvertraut.

Lauri griff nach der Fernbedienung auf dem Sofatisch und knipste den Fernseher an. Routiniert zappte er sich durch die Sender, auf einem lief »Natur hautnah«, und er verfolgte, wie ein Vielfraß todesmutig sein Revier verteidigte. Seine Aufmerksamkeit ließ erst nach, als er hörte, wie die Tür geöffnet und geschlossen wurde, und Miia mit zwei Kaffeetassen ins Wohnzimmer kam. Blitzschnell zog Lauri die Strümpfe aus und stopfte sie verstohlen zwischen die Sofakissen.

»Störe ich?«

»Nein, auf keinen Fall. Ich musste nur etwas ... Dienstliches regeln.« Miia reichte Lauri eine Kaffeetasse und setzte sich ans andere Ende des Sofas. »Alles in Ordnung?«

»Ja ja«, presste Lauri hervor und blickte wieder in Richtung Fernsehbildschirm, auf dem der Vielfraß gerade seine Hasenmahlzeit auf blutigem Schnee beendete.

»Es tut mir leid, was mit deiner Mutter passiert ist«, sagte Miia leise und rutschte etwas an ihn heran. »Kann ich irgendwas für dich tun?«

»Ich möchte nicht allein sein«, hauchte Lauri kaum hörbar. Die Tränen rannen ihm über die Wangen. Miia zog ihn an sich heran und hielt ihn sehr fest.

»Du bist nicht allein«, flüsterte sie. »Du brauchst nicht allein zu sein.«

Je fester Miia Lauri an sich drückte und je mehr Worte des Trostes sie ihm zuflüsterte, um so lauter wurde sein Weinen. Es war, als hätte Miias Berührung der Trauer in ihm die Schleusen geöffnet. So sehr Lauri sich auch bemühte, seine Atmung unter Kontrolle zu bringen und die Zähne zusammenzubeißen, damit das Zittern des Kinns nachließ, das Weinen wollte einfach nicht nachlassen. Er musste sich aus Miias Umarmung lösen, sonst würde er bis zum Abend heulen.

»Ich bin nicht wegen Mutter hier«, schluchzte Lauri, nachdem er sich aus Miias Armen befreit und mit dem Taschentuch, das sie ihm reichte, die Nase geputzt hatte. »Nora ist verschwunden.«

Miia schaute ihn mit großen Augen an.

»Wie bitte, was sagst du?«

»Nora ist verschwunden.«

26

Isabella starrte ungläubig auf den Bildschirm. Im Posteingangsfach war eine neue Nachricht, in deren Betreffzeile nur ein Kreuz war. Der Absender lautete info@wellnessandspirit.fi. Unter dieser Mail-Adresse wurden ihr alle Rechnungen, auch die Mahnungen zugestellt. Isabella dachte an ihren Keller, einen Ort, den sie am liebsten vergessen hätte. Dort hatte sie im Zuge des Umzugs alle im Laufe der Jahre nicht verkauften und zum Teil mit dem Geld aus dem Verkauf ihrer Wohnung bezahlten Nahrungsergänzungsstoffe und Vitaminpräparate verwahrt. Die Nachricht war bestimmt eine letzte Warnung. Wenn das Geschäft nicht wieder wie in den Anfangsjahren liefe, erwartete sie ein langer und qualvoller Tod.

»Nein«, schrie Isabella gegen ihren Willen lauthals. Zum Glück konnte keiner sie hören. Das Beste war, die Nachricht zu öffnen und die lächerlichen Spekulationen zu vergessen. Das Kreuz in der Betreffzeile war sicher nur ein Tippfehler.

Isabella wischte sich die Hand am Hosenbein ihres Hausanzugs ab. Sie zitterte ein wenig, als sie mit dem Zeigefinger auf die Nachricht klickte. Ihre Augen sogen den Text gierig auf.

Nachdem sie die Nachricht gelesen hatte, lief sie in ihre winzige Küche und goss sich ein Glas Weißwein ein. Sie hatte keineswegs die Angewohnheit, sich mitten am

Tag und allein zu Hause ein Gläschen zu Gemüte zu führen, doch das war eine Ausnahme. Die Nachricht war so eine Überraschung, dass sie etwas brauchte, das ihr half, sie zu verdauen.

Tiina Ojantaus war tot. Sie war Opfer einer Gewalttat geworden. Die Tätigkeit von *Wellness & Spirit* würde unverändert weitergehen und man könnte das Andenken an Tiina Ojantaus am besten ehren, wenn man die von ihr vertretenen Produkte noch aktiver als bisher verkaufte. Alle Fragen, die das Unternehmen und dessen Tätigkeit betrafen, konnten an die genannte Adresse gemailt werden.

Die Nachricht war nicht unterzeichnet. Wer hätte sie auch unterschreiben sollen. Die Tätigkeit von *Wellness & Spirit* konzentrierte sich ganz und gar auf Tiina und sie hatte so weit bekannt keinen Nachfolger.

Nachdem sie das Weinglas geleert hatte, kehrte sie an den Bildschirm zurück. Sie las die Nachricht erneut, bestätigte wie gewünscht deren Empfang und löschte sie. Dann ging sie wieder in die Küche. Im Kühlschrank stand eine Flasche Champagner, die Isabella vorgehabt hatte zu öffnen, wenn sie ihre Geldschwierigkeiten endlich überwunden hätte. Sie war sich nicht sicher, ob das der richtige Moment war, doch nach Art der Formel-Eins-Fahrer ließ sie den Korken knallen und trank den ersten Schluck direkt aus der Flasche.

Vielleicht war sie ja wirklich frei. Vielleicht war sie ja endlich dem Schuldengefängnis namens *Wellness & Spi-*

rit entkommen und könnte einen neuen Anfang wagen. Zu früh wäre das keinesfalls. Trotz einiger erfolgreicher Geschäfte waren ihre Schulden nach einer seltsamen Logik die ganze Zeit über gestiegen und die letzte SMS, die Ojantaus ihr geschickt hatte, erinnerte sie daran, dass noch zehntausend Euro ausstanden. Isabella hatte, wie immer, versprochen, noch härter zu arbeiten und dem *Wellness&Spirit*-Stall neue Verkäufer zuzuführen. In ihrer Antwort hatte Ojantaus bezweifelt, dass Isabella ihre Schulden jemals würde zurückzahlen können.

Die Welt sah nach jedem weiteren Glas Champagner schöner und freundlicher aus. Der Alkohol und das Freiheitsgefühl lösten in ihrem Körper ein Kribbeln aus. Isabella sehnte sich nach ihren Freundinnen. Wo waren Miia, Aikku und Suski? Beste Freundinnen, die schon jahrzehntelang an ihrer Seite waren. Mit einem Mal wurde ihr klar, dass sie sich immer weiter von ihnen entfernt hatte, je intensiver sie sich auf die Geschäfte mit Ojantaus eingelassen hatte. Ihre Freundinnen hatten Tiina von Anfang an misstraut, doch sie hatte sich geweigert, auf sie zu hören. Als sie endlich in der Wirklichkeit angekommen war, hatte sie sich so sehr für ihre Dummheit geschämt, dass sie sich nicht getraut hatte, den Freundinnen von ihren Problemen zu erzählen. Doch jetzt, an der Schwelle zu ihrem neuen Leben, wollte sie wieder ein Teil dieser fröhlichen Frauengesellschaft sein!

Isabella nahm ihr Telefon zur Hand und schickte Miia, Aikku und Suski eine gemeinsame Nachricht, in der sie alle zu sich einlud. Im Schrank stand noch eine Flasche Champagner, die sie irgendwann einmal für genau so einen Augenblick gekauft hatte. Sie stellte sie kalt und schaute auf ihr Handy. Kurz darauf piepte es und auf dem Display erschien eine Nachricht von Aikku: »Tut mir leid, ich kriege so schnell keinen Babysitter.«

Isabella murrte enttäuscht. Die Kinder vorschieben funktionierte immer. Dagegen war man völlig machtlos und es gab kein einziges Gegenargument, wenn ein Kind krank oder ohne Betreuung war – schon gar nicht, wenn man selbst keine Kinder hatte. Die zweite Nachricht kam von Suski: »Schöner Gedanke, Liebes. Aber ich bin schon dabei, schlafen zu gehen. Lass uns bald mal einen gemeinsamen Abend planen. Bussi!«

Isabella sah auf die Uhr. Es war fast acht. Wollte Suski um die Zeit etwa schlafen gehen? Ihr könnt mich mal, dachte Isabella und kippte sich den Rest der Flasche in den Hals. Je mehr der Alkohol Herrschaft über sie erlangte, umso mehr verlangte es sie nach einer Zigarette. Isabella hatte keine Zigarette mehr angerührt, nachdem Tiina Ojantaus einmal Tabakgeruch an ihr wahrgenommen und sie damit bestraft hatte, dass sie drei Wochen lang von all ihren Verkäufen statt der üblichen fünfzig Prozent Provision siebzig Prozent genommen hatte. Und dabei hatte sie nur zwei Mal an Aikkus Zigarette gezogen, nicht einen Zug mehr. Früher hatte sie geraucht, ja, aber als sie bei *Wellness & Spirit* anfing, hatte sie, wie es die Regeln vorschrieben, damit aufgehört. Die Mitarbeiter der Firma hatten gesund zu leben und in jeder Hinsicht Wohlbefinden auszustrahlen.

Auch der Genuss von Alkohol wurde nicht gern gesehen. Mitunter war es Isabella vorgekommen, als ob Tiina eine Kamera in ihrer Wohnung installiert hätte, denn sie schien über jede einzelne Ciderflasche, die sie öffnete, informiert zu sein.

Isabella ging entschlossen in den Flur und öffnete die oberste Schublade der Kommode. In der hintersten Ecke, eingewickelt in ein Tuch und versteckt in einer Kosmetiktasche, lag eine Schachtel Marlboro. Sie fischte mit den Fingern eine Zigarette heraus und stellte einen Stuhl vor den Herd. Die Abzugshaube würde den Großteil des Rauches verschlucken, wegen einer Zigarette würde man ihr sicher nicht kündigen.

Gerade als sie sich die Zigarette angesteckt und den ersten Zug genussvoll eingeatmet hatte, piepte das Telefon erneut. Diesmal war Miia der Absender: »Ich kann jetzt nicht«, stand da. Du kannst mich ebenfalls mal kreuzweise, dachte sie, zog ein paar Mal heftig an der Zigarette und drückte sie dann im Waschbecken aus. Sie brauchte ihre Freundinnen nicht, sie brauchte etwas ganz anderes.

27 Die Nummer war auch beim dritten Versuch besetzt. Emilia schob das Telefon in die Tasche und ging schneller. Sie wollte mit Miia nicht nur über den entwendeten Schlüssel reden, sondern hatte noch eine ganze Menge anderer Fragen. Unter anderem wollte sie wissen, in welcher Beziehung Miia zu Tiina Ojantaus stand, und vor allem, was auf dem Uferfelsen in Palokaski vor knapp einer Woche passiert war.

Der Wind war stärker geworden. Emilia knöpfte ihre Jacke bis zum Hals zu und fiel in einen leichten Laufschritt. Korhonen war der Meinung, Miia hätte bestimmt einen guten Grund dafür gehabt, den Schlüssel an sich zu nehmen. Doch sie hatte sich seine Erklärungen nicht länger angehört. Falls sich auf Miia ein Verdacht richtete, müsste die ganze Polizeiwache von Palokaski wegen Befangenheit vom Fall suspendiert werden. Kaum ein Polizist war bereit, gegen einen ehemaligen Kollegen auszusagen, das hatte man in diesem Land zur Genüge gesehen.

Emilia blickte auf das Straßenschild, sie war in Miias Straße angekommen. Vor dem Reihenhaus standen die ihrer Blätter beraubten Sträucher wie eine Wand aus Gerippen. Auch im herbstlichen Garten war kein Hinweis auf Leben zu erkennen: keine Blumenbeete, kein Kinderspielzeug, nicht einmal ein Fahrrad.

Miia lehnte an der Geschirrspüle und starrte auf das

sich in der Spüle stapelnde dreckige Geschirr. Sie musste versuchen, die Küche wenigstens ein kleines bisschen in Ordnung zu bringen, bevor sie Lauri etwas anbieten konnte. Doch was sollte sie ihm anbieten? Im Kühlschrank herrschte gähnende Leere und einkaufen gehen wollte sie nicht. Sie würde nirgendwohin gehen, bevor sie sich nicht ihre nächsten Schritte überlegt hatte.

Nora beziehungsweise Madde war verschwunden. So wie alle anderen auch, die einen Engelanhänger getragen hatten. Lauri hatte ihren Verdacht bestätigt, dass Tiina Ojantaus ihre Finger im Spiel hatte. Er hatte ihr von den E-Mails der Markenagentur *Brand It Up* erzählt, auf die er im Rechner der Familie gestoßen war. Aus den Mails wurde deutlich, dass genau diese Agentur Nora den Engelanhänger geschickt hatte und sie zu einem Fest eingeladen hatte, von dem sie nicht zurückgekehrt war.

Miia zog ein Schneidebrett hervor und legte es auf das Abwaschbecken. Na bitte, die Küche sah sofort ordentlicher aus. Und außerdem, sie konnte doch auch eine Pizza bestellen und diese könnten sie genauso gut im Wohnzimmer verzehren. In dem Moment klingelte es an der Tür. Miia musste lächeln, vielleicht kam der Pizzabote heutzutage schon, wenn man bloß an ihn dachte.

Miia warf einen Blick ins Wohnzimmer. Lauri schlief seit zwei Stunden tief und fest auf dem Sofa, obwohl es noch nicht einmal acht war. Im Flur beförderte Miia

Lauris Rucksack mit einem Tritt zur Seite und schrie auf vor Schmerz. Was um Himmels willen hatte Lauri da drin? Es fühlte sich an, als hätte sie mit einem Stein Fußball gespielt. Doch Zeit, den Rucksack zu untersuchen, blieb ihr nicht, denn es klingelte zum zweiten Mal.

»Ja?«, rief Miia durch den Türspalt. Vor der Tür stand eine blonde Frau von klassischer Schönheit.

»Hallo. Ich bin Emilia Arponen von der Polizei. Kann ich reinkommen?«

Miia schaute zu Lauri hinüber, auch vom Türklingeln war er nicht wach geworden und würde vermutlich weiterschlafen, wenn sie die Polizistin in die Küche führte.

»Na klar, komm rein.«

Die Polizistin, die sich als Emilia vorgestellt hatte, lief hinter ihr her zur Küche, blickte sich forschend um und setzte sich dann auf einen Stuhl. Zum Glück hatte Miia es geschafft, die Papiere wegzuräumen und einen Großteil der Pizzakartons im Papiercontainer zu entsorgen.

»Möchtest du etwas trinken?«

»Vielleicht einen Kaffee, wenn du welchen hast«, sagte Emilia und musterte sie von Kopf bis Fuß.

Miia füllte die Kaffeemaschine, spülte die Kaffeekanne sorgfältig aus und goss langsam Wasser in den Wasserbehälter. Wer war diese Frau? Zur Polizei Palokaski gehörte sie jedenfalls nicht.

»Ich kann sicher gleich zur Sache kommen.«

»Sicher«, sagte Miia mit einem Nicken, nachdem sie sich vergewissert hatte, dass der Kaffee durchlief.

»Ich bin Ermittlerin bei der Zentralkripo und leiste auf der Polizeiwache in Palokaski Amtshilfe. Bei der Untersuchung eines Falls haben wir bemerkt, dass Beweismaterial fehlt. Nach Durchsicht der Überwachungsbänder haben wir Grund zu der Annahme, dass du etwas über den Verbleib weißt.«

Miia stellte zwei Tassen auf den Tisch. »Was meinst du damit?«

»Du hast einen Autoschlüssel entwendet, der bei Laura Anderson gefunden worden ist.«

Miia hob die Kaffeekanne und versuchte angestrengt, das Zittern zu unterdrücken, doch es gelang ihr nicht und beim Eingießen schwappte Kaffee auf den Tisch.

»Und jetzt willst du meine Wohnung durchsuchen, oder wie?«

Emilia stöhnte.

»Im Augenblick will ich nur wissen, warum du sie an dich genommen hast.« Emilia wischte den Tisch mit Küchenpapier ab, das Miia ihr reichte, und trank einen Schluck Kaffee.

Miia zog sich einen Hocker heran und nahm an der gegenüberliegenden Tischseite Platz. Sie wusste aus Erfahrung, dass ihr Gegenüber jede Sekunde ein Profil von ihr erstellte.

»Sie sind zufällig in meiner Hand geblieben.«

»Warum hast du sie nicht zurückgegeben?«

»Wenn ich sie zurückgegeben hätte, dann hättet ihr erfahren, dass ich ohne Erlaubnis in der Asservatenkammer war.«

»Ich muss dich melden.«

Miia stand auf und ging in den Flur. Sie holte aus der Jacke an der Garderobe den Autoschlüssel. Als sie ihn das letzte Mal in der Hand hielt, hatte sie im Kofferraum eines roten BMW eine weibliche Leiche entdeckt. Das musste Nora gewesen sein, dessen war sich Miia jetzt sicher, obwohl sie das Mädchen nicht erkannt hatte. Doch das würde sie Emilia Arponen gegenüber mit keinem Wort erwähnen, nicht bevor sie den Mörder überführt hatte.

»Hier.« Miia reichte Emilia den Schlüssel und blieb vor ihr stehen. Vielleicht begriff sie ja auch ohne Worte, dass der Besuch damit beendet war und sie nichts weiter sagen würde.

In diesem Augenblick waren Geräusche aus dem Flur zu hören und Emilia sprang von ihrem Stuhl auf. Durch die Tür schaute ein verdutzt dreinblickender Lauri, der sich in eine Decke eingewickelt hatte.

»Warum ist die Polizei hier? Hast du ihnen von Nora erzählt?«

28 Korhonen parkte das Auto in der Nähe der Klippen, ließ jedoch den Motor laufen, damit der Wagen nicht auskühlte. Das Meer war dunkel und aufgewühlt, als kämpfte es gegen das unvermeidliche Zufrieren an. Hier und dort stach eine weiße Schaumkrone hervor und gegen den Horizont zeichneten sich zwei flotte Kähne sowie ein langsameres Frachtschiff ab. Als junger Mann hatte er davon geträumt, zur See zu fahren. Er wollte die Welt sehen. Sein Cousin und er hatten sogar schon Plätze auf einem französischen Frachtschiff gebucht gehabt, doch dann hatte er Annikki getroffen. Die wunderbare, sanfte Annikki, die ihn bei der Damenwahl zum Tanz aufgefordert und anschließend gebeten hatte, sie zurück zum Tisch zu begleiten. Er war sofort eingenommen von dieser Frau, die so entschlossen die Initiative ergriff, und hatte seither kein Fernweh mehr verspürt. Sein Cousin hatte die Reise allein angetreten und war später in Chile an Lungenentzündung gestorben. Vielleicht hätte ihn das gleiche Schicksal ereilt, wenn er nicht seine zukünftige Ehefrau getroffen hätte.

Am Autofenster klopfte es. Korhonen nickte und die Beifahrertür wurde geöffnet.

»Hallo, Kari.«

»Ist dir jemand gefolgt?«, fragte Korhonen und wies auf den neben ihnen parkenden roten BMW.

»Na, was denkst du?«

»Gut.«

Korhonen betrachtete den Mann. Sie kannten sich bereits seit Jahren, aber er hatte sich kaum verändert. Sein Äußeres war immer noch genauso gepflegt und die Haut so straff wie bei ihrer ersten Begegnung. Allerdings war er diesmal deutlich angespannter als sonst.

»Ihr habt ganz schön viel zu tun«, sagte er schließlich.

»Das kannst du laut sagen. Dann ist auch noch diese Tussi aufgetaucht und bringt alles durcheinander«, sagte Korhonen lachend.

Auch der Mann lächelte und nahm aus seiner Aktentasche einen Stapel Papiere. »Ich habe mich mal über sie erkundigt«, sagte er und reichte Korhonen die Papiere. »Hier. Muss schon sagen, sie hat schon so einiges erlebt. Sie war in Afghanistan und zur Lehre beim FBI in Übersee. Schwarzer Gürtel in mehreren Kampfsportarten und eine Fluglizenz. Und außerdem betreibt sie einen Vlog.«

»Einen was?«

»Einen Video-Blog. Ich schicke dir den Link, dann kannst du selbst reinschauen.«

Korhonen nickte, obwohl er immer noch keine Ahnung hatte, wovon der Mann sprach. »Diese Frau verursacht uns allen noch Probleme«, murmelte er. Sein Gegenüber sagte dazu nichts. Für einen Augenblick saßen sie beide schweigend da, sahen aufs Meer hinaus und lauschten dem Brummen des Dieselmotors.

»Wie geht es eigentlich Miia?«

»Irgendwas hat sie vor, ich weiß nur noch nicht, was.«

»Willst du, dass ich es herausfinde?«

»Nein, lass nur. Darum kümmere ich mich. Sie unternimmt keine großen Schritte, ohne mich zu informieren.«

»Mit allem Respekt. Aber die Frau ist total durchgeknallt.«

Korhonen überlegte kurz, ob er Miia verteidigen sollte, doch dann fiel ihm ein, wie seltsam sie sich bei ihrer letzten Begegnung verhalten hatte. Sie hatte ihn nicht in ihre Wohnung gelassen, sondern sich mit ihm auf die Betontreppe vor ihrem Haus gesetzt. Außerdem hatte sie behauptet, Antti hätte vor seinem Tod prophezeit, es werde noch mehr Leichen geben. Wenn er sie nicht besser kennen würde, hätte er ihr Verhalten für sehr verdächtig gehalten.

»Und dann gibt es da noch ein Problem namens Nora«, sagte Korhonen nach einer kurzen Pause.

»In Arbeit.«

»Hast du dich schon mit ihnen in Verbindung gesetzt?«

»Hab ich, die Eltern haben angebissen.«

»Das ist gut. Wir können uns nicht noch einmal die gleichen Fehler wie bei Laura erlauben. – Hier steht alles drin, was wir bis jetzt haben«, sagte Korhonen und reichte dem anderen seinerseits einen Stapel Papiere.

Er sah zu, wie der Mann die Papiere zwischen die Akten in seiner Tasche schob. Plötzlich fiel ein Foto heraus. Er hob es vom Boden auf. Auf dem Bild war ein Mädchen, das Miia sehr ähnlich sah.

»Ist das Miia?«

»Venla. Ich muss jetzt weiter.« Der Mann nahm Korhonen das Bild aus der Hand, schloss seine Aktentasche und öffnete die Tür.

»Bis zum nächsten Mal.«

Als er die Tür schließen wollte, beugte sich Korhonen über den Beifahrersitz und stieß die Tür wieder auf. »Hej, Oinonen, du hast was vergessen«, sagte er und reichte dem Mann ein Bündel Scheine.

29

Nikke wurde schwarz vor Augen und er sank auf dem Asphalt in die Knie. Obwohl er das Taubheitsgefühl in den Beinen und die Stiche in der Brust genoss, musste er eine Pause einlegen. Er war zum Haus von Aikku gejoggt und die zusätzlichen Kilometer waren zu viel gewesen. Und außerdem umsonst, denn die Wohnung war dunkel. Natürlich hätte er nicht reingehen können, aber allein schon Aikku durchs Fenster zu sehen hätte ihn aufgemuntert. Die Stimmung zu Hause war wieder einmal eisig gewesen. Suski und er hatten seit Tagen nicht miteinander gesprochen. Er hatte kein Interesse daran, über irgendetwas zu reden, und Suski schmollte aus diesem und sicher auch aus vielen weiteren Gründen. Doch nach Hause musste er wohl oder übel. Einen anderen Ort hatte er nicht. Noch nicht.

»Hallo Schatz!« Suski öffnete ihm herrlich duftend die Tür, umarmte ihn und gab ihm einen Kuss. Die warmen, vertrauten Lippen fühlten sich gut auf seiner kalt verschwitzten Haut an, doch dann hielt er inne. Warum war Suski plötzlich so anschmiegsam? Das letzte Mal, als sie sich berührt hatten, lag noch viel weiter zurück als ihre letzte Unterhaltung.

»Ich habe Grünkohlchips mit gefüllten Auberginen gemacht und deinen Lieblingswein gekauft. Komm, lass uns essen«, sagte Suski und zog ihn an der Hand wie ein kleines Kind.

»Ich muss erst mal unter die Dusche.«

»Ich mach alles fertig«, sagte Suski und verschwand im Badezimmer.

Die Dusche fertig machen? Was zum Teufel sollte das? Nikke riss sich die verschwitzten Klamotten vom Leib. Beim Betreten des Badezimmers begriff er, woher der Wind wehte: Suski stand bereits unter der Dusche und ließ sich das Wasser über ihre nackten Brüste laufen. Nikke war kurz davor, die Joggingsachen wieder anzuziehen und sich in die dunkelschwarze Nacht zu begeben.

»Komm ruhig her, Liebling.«

»Mir steht im Moment nicht der Sinn danach. Ich bin total fertig.«

»Ich helfe dir, dich zu entspannen.«

»Ich würde mich wirklich gern einfach nur waschen und dann zum Essen kommen.«

Suski hatte keinesfalls vor aufzugeben. Sie ergriff Nikkes Hand und zog ihn in die Dusche. Dann bespritzte sie sich mit Duschgel und legte Nikkes Hände auf ihre Brüste. »Möchtest du mich waschen?«

»Suski, hör mal ...«

»Psst ...« Suski drückte ihren Mund auf seine Lippen und steckte ihm die Zunge in den Mund. Nikke fühlte seinen Penis hart werden. Es fiel ihm schwer, sich zu wehren, wenn sein eigener Körper kapitulierte. Ihm stand nicht der Sinn nach Sex mit Suski, sondern vielmehr mit Aikku. An Suski störte ihn in letzter Zeit alles, sogar ihre aggressive Art, ihn zu küssen und an ihm zu knabbern. Aikku küsste langsam und intensiv, kostete jeden Kuss aus. Küssen und Sex waren für ihn keine Leistung, die er zu erbringen hatte. Anders als für Suski, die in allem immer eine Aufgabe sah.

Nikke sah, dass Suski seinem halbstraffen Glied ein Kondom überziehen wollte. Wo hatte sie denn nun schon wieder das Kondom her und wozu?

»Was machst du da?«

»Wonach sieht es denn aus?«, fragte sie mit einem verführerischen Lächeln.

»Hast du Angst, schwanger zu werden?« Nikke bereute seine Worte sofort. Sie hatten seit Jahren versucht, schwanger zu werden, und er hatte kein Recht, Suski gegenüber so grausam zu sein. »Macht nichts ...«, flüsterte Suski und umfasste seinen nackten Hintern. »Ich will dich.«

Nikke schob Suski von sich. »Ich bin gerade zwanzig Kilometer gerannt. Ich kann jetzt nicht.«

»Tut mir leid, ich hab mich gehen lassen. Iss erstmal was, das gibt dir Kraft«, sagte sie und war verschwunden.

»Die wollen statt einer Weihnachtsfeier lediglich ein gemeinsames Weihnachtsbreiessen für die komplette Krankenhausbelegschaft organisieren. Mitten am Tag. Für anderes wäre kein Geld da«, erzählte Suski, während sie Nikke zwei mit Kichererbsen, Käse und Gemüsepüree gefüllte Auberginen auf den Teller legte. Er hatte plötzlich einen riesigen Hunger. Nikke griff nach Gabel und Messer und stürzte sich auf die Auberginen, obwohl Suskis Teller noch leer war. Dafür gibt es eine Rüge, aber was soll's.

»Nikke! Achte auf deine Manieren, wenn ich bitten darf!«, brauste Suski auf, fuhr dann aber in ihrer Erzählung fort: »Überleg mal, keine Weihnachtsfeier! Wo reagieren wir dann unsere das ganze Jahr über aufgestauten Gefühle ab? Unsere Abteilung überlegt, wie wir doch noch eine eigene Weihnachtsfeier auf die Beine stellen. Sollen die anderen doch an ihrem Reisbrei ersticken. Vermutlich reicht das Geld nicht einmal für eine Mandel.«

Nikke konzentrierte sich aufs Essen und ließ den Redefluss seiner Frau zu einem Ohr hinein und zum anderen wieder hinaus. Er musste zugeben, dass sie ungewohnt gut gelaunt war, trotz des verdrießlichen Themas.

»Schmeckt es?«, fragte Suski und fasste über den Tisch nach seiner Hand. Zum ersten Mal hob er den Blick von seinem Teller. »Nimm noch etwas Wein.«

Ein leichtes Grunzen befriedigte Suskis Wunsch nach einem Danke und sie füllte sein Glas bis zum Rand. Dann redete Suski weiter über die Sparpolitik der Kommune, die Wichtigkeit der Mütterberatungsstellen und ihr Kostüm für die Weihnachtsfeier. Ihr Monolog wurde nur einmal unterbrochen, als er aus Versehen eine Kichererbse auf den Fußboden fallen ließ.

»Na, was machst du denn?« Gleichzeitig war Suski

unter dem Tisch verschwunden, um kurz darauf mit der Kichererbse zwischen den Fingern wieder aufzutauchen, aufzustehen und in die Küche zu eilen. Als sie zurückkam, hatte sie Einmalhandschuhe und einen Wischlappen dabei.

»Wenn man es gleich wegmacht, geht es viel leichter.«

Nikke fühlte einen hämmernden Schmerz in den Schläfen. Mein Gott, konnte sie nicht einmal Ruhe geben? Er war schon vom Zugucken total fertig. Früher hätte der in die Höhe gereckte Hintern einer auf dem Boden knienden Frau eine ganz andere Reaktion bei ihm hervorgerufen, aber jetzt kotzte ihn der Anblick einfach nur an.

»Isabella hat uns heute eine SMS geschickt und Miia, Aikku und mich zu sich eingeladen. Was ist da wohl im Busch?« Suski war mit ihrer Reinigungsaktion fertig und setzte sich wieder an den Tisch.

»Ach, Aikku auch?«, fuhr es Nikke heraus.

»Hab ich doch gerade gesagt. Miia, Aikku und mich.«

»Wie geht es Aikku eigentlich?« Er war offensichtlich ein hoffnungsloser Fall. Aikku hatte ihn seit dem Wochenende nicht sehen wollen. Heute war zwar erst Dienstag, aber er verspürte eine brennende Sehnsucht. Er wollte bei Aikku sein, ihre Stimme hören und sie berühren. Wenn das nicht ginge, dann wollte er wenigstens wissen, wie es ihr ging.

»Sie hat gestern angerufen, die Zwillinge haben Windpocken«, sagte Suski und aß ihren Teller leer.

»Oh je!«, hörte Nikke sich ausrufen. Aikkus Wohnung war sicher dunkel gewesen, weil sie mit den Zwillingen beim Arzt war. Und die anderen Kinder? Er sollte dort sein, um ihr zu helfen!

»Ist das gefährlich?«

»Die Windpocken?«, lachte Suski. »Das ist eine ganz normale Kinderkrankheit. Sehr unangenehm, aber das ist auch schon alles.«

»Aber zum Arzt muss man sie doch bringen.«

»Ich habe ihr geraten, aus der Apotheke eine Salbe zu holen, die gegen das Jucken hilft«, sagte Suski und begann, das Essen abzuräumen. »Seit wann interessierst du dich für Kinder und deren Krankheiten?«

Seitdem ich in Aikku verliebt bin, seufzte Nikke im Geiste und stand vom Tisch auf.

»Nikke!«, tönte es da aus Suskis Mund. Für kurze Zeit glaubte er, sie könnte seine Gedanken lesen, doch dann kapierte er, dass er vergessen hatte, seinen Teller in den Geschirrspüler zu stellen.

»Spülst ihn vorher ab, ja?«

Nikke beförderte sein Geschirr ordnungsgemäß in die Spülmaschine und begab sich dann ins Wohnzimmer. Er ließ sich aufs Sofa fallen und machte den Fernseher an. Ach, wenn er doch per Fernbedienung mehr als nur den Sender wechseln könnte, dachte er beim Anblick der ihm mit der Weinflasche und den Gläsern folgenden Suski. Oder wenn man sie wenigstens auf stumm schalten könnte.

»Nimm noch etwas Wein«, sagte Suski weich und schmiegte sich an ihn.

Nikke versuchte, sich auf das Programm zu konzentrieren, in dem Daniel Düsentriebs aus aller Herren Länder einer Schar von Millionären ihre Erfindungen präsentierten. Sein Konzentrationsvermögen wurde beeinträchtigt von Suskis Fingern, die zielstrebig zum Bund seiner Trainingshose wanderten, egal wie sehr er auch versuchte, dem auszuweichen. Suski hatte offensichtlich beschlossen, dass sie heute Sex haben würden, und seine Ehefrau würde nichts unversucht lassen, um ihren Willen durchzusetzen. Wahrscheinlich war es am klügsten, es einfach geschehen zu lassen, denn wenn Suski sich einmal etwas in den Kopf gesetzt hatte, dann bekam sie es auch früher oder später. Dann wäre die Qual vorbei. Doch vorher würde er noch die Weinflasche austrinken.

Nachdem er den letzten Tropfen aus seinem Glas geschlürft hatte, machte er den Fernseher aus und erhob sich. Seine Schritte waren leicht. Vielleicht war er ja endlich in der richtigen Stimmung, um seine ehelichen Pflichten erfüllen zu können. Suski war schon vor ihm ins Schlafzimmer gegangen und erwartete ihn in lilafarbener Reizunterwäsche kniend auf dem Bett. In dem lila BH wirkten Suskis Brüste größer und Nikke verspürte den Wunsch, sie zu berühren. Genau genommen wollte er sein Gesicht zwischen ihnen vergraben und sie so lange lecken, bis seine Frau vor Ekstase schrie.

30

Isabella setzte sich im Bett auf und gähnte verschlafen. Wenn sie jetzt tot umfallen würde, hätte sie einen glücklichen Tod. Sie konnte sich nicht daran erinnern, wann sie zuletzt so eine vollkommene Liebesnacht erlebt hatte. Vielleicht noch nie.

»Danke«, flüsterte sie leise.

Hinter der Wand war Plätschern zu hören. Sam duschte und hatte ihr vorgeschlagen mitzukommen, doch Isabella wollte sich lieber noch im Bett räkeln und den schönen Augenblicken nachträumen.

Sam hatte ihren Anruf sofort beantwortet und nur fünf Minuten später holte sie eine lange, glänzende Limousine vor der Haustür ab, brachte sie ins Hotel Kämp und schickte sie ins Zimmer 237. Auf ihr Klopfen hin öffnete Sam, der sie als Erstes leidenschaftlich küsste. Der Champagner sprudelte vergessen in den Gläsern, als sie sich um die Wette gegenseitig die Kleider vom Leibe rissen.

Bei der Erinnerung daran, wie Sam ihr zärtlich die Brüste geküsst und italienische Sätze ins Ohr gehaucht hatte, verspürte Isabella ein ziehendes Verlangen im Unterleib. Er hatte sie genau an den richtigen Stellen berührt, sanft die Führung übernommen und jene Worte geflüstert, die sie hören wollte. Und bei jeder Runde hatte er ihren Hunger ein kleines bisschen ungestillt gelassen, so dass in jener Nacht einfach keine Zeit zum Schlafen blieb.

»Ich glaube, ich habe mich in dich verliebt«, rief Sam aus dem Bad und erschien nur mit einem Handtuch um die Hüften vor ihrem Bett.

Isabella lachte kurz auf. Der Abend und die Nacht waren perfekt gewesen, hoffentlich verdarb er nicht alles durch hohle Sprüche. Vielleicht handelte es sich auch um einen Kulturunterschied und Italienern kam ein Liebesschwur viel leichter über die Lippen als Finnen.

»Isabella, du bist wunderbar. Du hast alles, was ich an eine Frau liebe, du bist schön, sexy, klug und sensibel. Habe ich schon sexy gesagt?«

»Ja, hast du«, murmelte Isabella verlegen und wusste nicht, wohin sie schauen sollte. Sprach dieser Mann wirklich zu ihr?

»Ich würde dich vom Fleck weg heiraten, wenn ich könnte«, fuhr er fort und setzte sich neben sie aufs Bett.

»Mich?«

»Ja, dich dich dich!«, erwiderte Sam und drückte sie lachend aufs Kissen. Er presste seinen Mund auf ihre Lippen, was Isabella ein Zucken zwischen den Beinen verursachte. Zielstrebig fuhr Sams Hand ihren nackten Bauch entlang und streichelte ihren glatt rasierten Venushügel.

»Sollten wir vielleicht aufstehen?«, fragte Isabella und versuchte sich aufzurichten.

»Wovor hast du Angst? Ich verspreche dir, niemand wird dich je wieder eine Leid zufügen, wenn du dich von mir schützen lasst. Also ...« Er drückte ihr einen Kuss auf die Lippen. »Willst du meine Frau werden?«

»Ja! Jaja!«, rief Isabella zu ihrer eigenen Überraschung aus. Das war absoluter Wahnsinn. Sie kannte Sam gerade mal seit zwei Tagen und war sich dennoch sicher, dass er der Mann ihres Lebens war. Wer bestimmte, wie ihre Geschichte zu verlaufen hatte? Manche waren jahrelang zusammen und hatten doch nie so intensiv empfunden wie sie gerade jetzt.

Sams Telefon klingelte und unterbrach ihre Zweisamkeit. Er griff danach und sah kurz aufs Display.

»Chi parla?«, fragte er und ging aus dem Zimmer.

31

Suski lauschte, wie Nikkes Atem schwerer wurde und tiefe, gleichmäßige Atemzüge zu hören waren. Dann lief sie ins Bad und öffnete den Klappdeckel vom Mülleimer. Das Kondom lag auf einer leeren Toilettenpapierrolle. Gott sei Dank war Nikke zu betrunken gewesen, um dem Kondom größere Beachtung zu schenken. Suski hatte aus der Apotheke extra Kondome gekauft, die keine Sperma abtötenden Substanzen enthielten. Sie machte einen Knoten ins Kondom und drückte es gegen ihre warme Haut. Dann nahm sie ihr Telefon zur Hand und schickte eine Nachricht. Ihre Sachen hatte sie schon vorher griffbereit im Flur bereitgelegt. Sie wollte kein Risiko eingehen, dass Nikke wach würde, wenn sie sich im Schlafzimmer anzog.

Drei Minuten später war sie fertig angekleidet und stürmte die Treppe nach unten. Der Wagen war sicher auch gleich da. Ihr Herz klopfte vor Spannung und Glück. In dem Moment, als sie die Haustür öffnete, fuhr ein großer weißer Mercedes vor. Kleine Eiskristalle schwebten durch die Luft, der Nachtfrost ließ den Atem gefrieren und die Sterne standen zum Greifen nahe am Himmel. Diesen Augenblick würde sie nie vergessen.

Die Autofenster waren verdunkelt. Noch bevor sie die Hand an den Türgriff legen konnte, wurde ein Fenster heruntergelassen und aus dem Dunkeln streckte sich ihr eine behandschuhte Hand entgegen.

»Haben Sie das Sperma?«, fragte eine dunkle Männerstimme.

»Ja, hier«, antwortete sie mit leiser Stimme und zog das warme, klebrige Tütchen hervor.

»Thank you. We'll take care of this from now on«, sprach daraufhin eine heisere Frauenstimme. »And the money?«

»Yes yes, here.« Suski wühlte in der Tasche ihres Steppmantels und zog ein Bündel Scheine hervor. Genauso schnell wie zuvor das Kondom, wurde ihr nun das Geld aus der Hand gerissen.

»We'll contact you as soon as everything is ready for operation«, hörte sie gerade noch, bevor das Auto davonbrauste.

Suski starrte zum Sternenhimmel empor und war glücklicher als jemals zuvor. Zumindest fühlte sie sich im Moment so. Wahrscheinlich würde sie noch glücklicher sein, wenn ihr in einigen Tagen der Embryo in die Gebärmutter eingepflanzt werden würde und sie – traute sie sich, das zu denken – schwanger wäre. Schwanger! Nichts anderes war mehr von Bedeutung. Nicht, dass sie Nikkes und ihr gemeinsames Konto leergeräumt hatte, auf dem sie für ein neues Segelboot gespart hatten. Auch nicht, dass sie sich wahrscheinlich mehr als nur eines Verbrechens schuldig gemacht hatte. Nicht einmal, dass sie sich dieser medizinischen Operation unterzog, ohne auch nur mit irgendjemandem darüber zu sprechen. Nichts zählte. Sie war bereit, alles zu opfern.

»If there is a will, there is a way«, flüsterte sie in die Dunkelheit.

Die lang erwartete Mail-Nachricht kam, als Nikke joggen war, und sie wollte keine Zeit mehr verlieren. Endlich war alles bereit, endlich war eine passende Eizelle gefunden worden. Den ganzen Herbst über hatte sie einer Babywunschfirma mit dem Namen »Engel« alle möglichen Informationen über sich und ihre Familie geschickt und man hatte ihr versichert, dass sich eine geeignete Spenderin finden würde. Ihre einzige Aufgabe war, Nikkes Sperma zu besorgen.

Das war leichter gesagt als getan. Nachdem klar geworden war, dass es mit Suskis Eizellen nahezu unmöglich war, ein Kind zu bekommen, hatte sich Nikke kategorisch geweigert, weitere Schritte zu unternehmen. Eine Reagenzglasbefruchtung hatten sie bereits mehrfach erfolglos versucht, doch es waren keine entwicklungsfähigen Embryonen gewachsen. Nikke war nicht bereit, über eine Eizellenspende zu reden, also hatten sie weiter gemacht und gehofft, dass es bei ihnen irgendwann vielleicht doch noch klappte.

Dann hatte Suski im Internet die »Engelfirma« gefunden. Die fragten nicht nach der Zustimmung des Ehemanns so wie finnische Firmen. Die Zusammenarbeit war viel unkomplizierter und – nun ja – auch teurer. Aber sie würde Mutter werden. Nichts anderes zählte.

Venla trat aus dem Universitätsgebäude in die Sonne. Die Sommerferien begannen und man hatte ihr für die nächsten Monate einen Studienplan ausgearbeitet. Der Professor verstand vollkommen, dass sie schnellstmöglich fertig werden wollte. Wenn alles nach Plan verlief, wäre sie schon im kommenden Jahr eine fertige Ärztin.

Venla stieg in ihren kleinen Fiat auf dem Universitätsparkplatz und fuhr heim. Sie liebte diese zwanzig Kilometer lange Fahrt aus der Stadt in ihr kleines Dorf. Fast den ganzen Weg über war die Straße von Olivenhainen gesäumt. Hin und wieder war zwischen den Bäumen das türkisfarbene Meer zu sehen. Auch ihr kleines Dorf war schön. Venla, Luca und Roberto lebten dort, seitdem Luca die dortige Bäckerei des in Rente gehenden Bäckers gekauft hatte. Ihre so sicher geglaubte Existenzgrundlage geriet allerdings bald in Schieflage, denn nur wenige Monate nach ihrem Umzug eröffnete eine große Backwarenkette eine Filiale in ihrem Dorf. Sie verkaufte ihre Produkte billiger und ein großer Teil der Dorfbewohner trug nun die Lire lieber dorthin.

Das Geld war knapp, die Kredite mussten abbezahlt werden und die Bäckerei erwirtschaftete bei weitem nicht so viel, wie sie sich erhofft hatten. Eigentlich hatten sie vorgehabt, sich in dem Dorf ein kleines Häuschen anzuschaffen, doch vorerst wohnten sie noch zur Miete bei einem älteren Ehepaar. Je größer Roberto wurde, umso enger wurde es in ihrer Wohnung und umso schneller wollte Venla mit dem Studium fertig werden.

Venla parkte das Auto auf dem Fußweg vor der Bäckerei und machte einem sich echauffierenden Touristen klar, dass es ihn gar nichts anging, ob sie falsch parkte oder nicht. Ihr Dorf war ein beliebter Ferienort, denn zum Meer waren es nur zwei Kilometer. Venla hatte auf einen Ort in Meeresnähe bestanden, als sie zusammen eine Wohnung suchten. Sie hatte ihr ganzes Leben lang am Meer gewohnt, und es graute ihr vor dem Gedanken, im Inland wohnen zu müssen.

»Terve, kulta!«, rief ihr Luca liebevoll auf Finnisch zur Begrüßung zu und kam hinter dem Tresen hervor, um ihr einen Kuss zu geben. Die Auslagen waren immer noch gut gefüllt, das Geschäft war also auch heute nicht besonders gelaufen. Aus dem Hinterzimmer kamen kleine Füße angetrippelt und in der Türöffnung erschien ein zerzauster Lockenkopf. Als er seine Mutter sah, rannte er schnurstracks in ihre Arme. Sie würden die Ware morgen verkaufen, überlegte Venla und wuschelte durch Robertos mehlbestäubte Haare.

»Ich habe einen Vorschlag«, erwiderte Venla auf Italienisch. »Wir packen uns etwas zum Essen ein und gehen an den Strand. Heute ist mein einziger freier Tag in diesem Sommer.«

»Einverstanden«, verkündete Luca, ohne zu zögern, schloss die Eingangstür der Bäckerei und hängte ein Schild mit der Aufschrift »Chiuso« ins Fenster.

Genau dafür liebte Venla Luca noch so sehr wie an jenem Tag, an dem sie in Rom angekommen war. Luca lebte für den Moment. Er nahm das, was vorhanden war, und machte daraus das Beste. Luca machte sich keine Sorgen um das Schicksal der Bäckerei. Und falls er sich Sorgen machte, zeigte er es nicht. Auf die gleiche Art hatte er sich auch damit arrangiert, dass seine aus Finnland angereiste Brieffreundin das Kind eines anderen Mannes erwartete. Er hatte vor Glück geweint und dann verkündet, dass er für es sorgen würde, als wäre es sein eigenes. Und das hatte er auch getan.

Obwohl es ein heißer Tag war, waren nur wenige Menschen am Strand und sie fanden einen Platz nur zehn Meter vom Wasser entfernt. Venla stellte den Sonnenschirm auf und half Roberto, die Badehose anzuziehen. Er konnte schon ein bisschen schwimmen und Venla ließ ihn allein am Wasser spielen. Luca versprach, den Jungen im Auge zu behalten, so dass Venla ein Schläfchen machen konnte. Die Sonne wärmte die Haut angenehm und das Rauschen des Meeres beruhigte die Sinne. Alles wird gut werden, wenn sie erst fertig studiert und eine Arbeit gefunden hätte.

Venla wurde von einem Wasserball, der ihr aufs Gesicht flog, geweckt. Neben ihr schnarchte Luca mit offenem Mund, aber Roberto war nirgends zu sehen. Venla sprang auf, lief am Strand hin und her und rief Robertos Namen. Am Strand war es voller geworden und es war schwer, den vertrauten Blondschopf in der Schar der im

Wasser spielenden Kinder auszumachen. Einmal glaubte sie, ihn gefunden zu haben, doch dann stellte es sich als ein Irrtum heraus.

Ihr liefen die Tränen über die Wangen, mit wild klopfendem Herzen und am ganzen Körper zitternd stapfte sie durch das Wasser. Wenn Roberto untergegangen war und man ihn nicht bald fände, würde man den kleinen Jungenkörper leblos aus dem Wasser ziehen. Wieso hatte sie ihn nur am Strand spielen lassen und nicht besser auf ihn aufgepasst?

Venla rannte zu Luca und rüttelte ihn an der Schulter.

»Wach auf! Roberto ist …« Noch bevor sie den Satz zu Ende gesprochen hatte, kam Roberto mit einem Eis in der Hand auf sie zugestürmt.

»Wo warst du?«, fragte Venla mit tränenerstickter Stimme und drückte den Jungen fest an sich.

»Am Eisstand. Die da haben mir ein Eis gekauft«, sagte Roberto und zeigte auf das Paar hinter ihm.

»Du kannst doch nicht einfach mit fremden Menschen mitgehen«, sagte Venla atemlos. Sie schloss die Augen und drückte ihr Gesicht in sein Haar. Es duftete nach Meer und Sonne. Was hätte sie gemacht, wenn sie ihn wirklich verloren hätte?

»Entschuldigung, es war absolut unsere Schuld«, hörte Venla eine fremde Männerstimme sagen und schaute nach oben. Der vor ihr stehende Mann war offensichtlich Italiener, doch die neben ihm stehende Frau hatte das blonde Haare einer Nordeuropäerin und sah Venla eigentlich verblüffend ähnlich.

»Roberto hat uns gesagt, dass er nicht mit Fremden mitgehen darf«, sagte die Frau und lächelte Roberto liebevoll an.

»Sie haben einen tollen Jungen«, sagte der Mann und stellte sich als Giuseppe vor. »Als Wiedergutmachung für den Schrecken, den wir Ihnen eingejagt haben, möchten meine Frau Sandra und ich Sie gern zu einem Glas einladen.«

»Und Ihnen ein Angebot machen«, ergänzte seine Frau und lächelte ihm bedeutungsvoll zu.

32

Die aufgebogene Büroklammer drehte sich im Schloss und die Tür öffnete sich. Miia verstand nicht, warum Mutter die Tür verschlossen hielt. Wen oder was wollte sie verbergen?

Als sie das Zimmer betrat, sah sie, dass es noch in genau dem gleichen Zustand war wie bei ihrem letzten Besuch. Der Karton von den Nokia-Gummistiefeln, in dem sie die Briefe an Olli Oinonen gefunden hatte, lag noch auf dem Sofa und sein Inhalt links und rechts davon verteilt.

Sie war zuletzt vor einer guten Woche nach einer Therapiesitzung in ihrem alten Zuhause gewesen. Henri Saastamoinen war immer wieder auf ihre Kindheits- und Jugenderinnerungen zurückgekommen und hatte in Miia das zwingende Verlangen geweckt, nachzuforschen, warum in ihrer Familie nie über den Tod von Vater oder Venla gesprochen wurde. Und als Mutter auch dann nicht bereit war, darüber zu reden, war Miia kurzentschlossen in das Arbeitszimmer ihres Vaters eingebrochen und hatte im Regal den hinter einer Reihe Aktenordnern versteckten Karton gefunden.

Wer war dieser Olli Oinonen? Als sie seinen Namen googelte, hatte sie nichts Verwertbares gefunden und Mutter hatte den Namen angeblich noch nie gehört. Doch jetzt wusste Miia zumindest, dass er ein Unternehmen mit dem Namen »Jumpsuits für Ihn« besaß und die Praxisräume für Saastamoinen angemietet hatte. Aber das war auch alles.

Der restliche Inhalt des Schuhkartons brachte nichts Neues. Sie musste darauf vertrauen, dass Mutter endlich etwas preisgab. Im Moment war sie bei der Chorprobe und würde erst in ein paar Stunden nach Hause kommen. Miia machte sich eine große Portion Eintopf warm, nicht ohne ein schlechtes Gewissen wegen Lauri, der jetzt bei ihr zu Hause bestimmt auch hungrig war. Auf dem Heimweg musste sie unbedingt etwas Nachschub für den Kühlschrank besorgen.

Der Eintopf schmeckte nach Kindheit und rief in ihr eine Reihe von Erinnerungen wach. Die mehligen Kartoffeln mit Fleischstückchen und ganzen Pfefferkörnern waren Nikkes Lieblingsgericht, doch Venla hatte es gehasst.

Venla. Miia erinnerte sich an den Tag, an dem Venla verschwunden war, als wäre es gestern gewesen. An jenem Abend gab es in der Schule eine Disko und sie hatte zugeschaut, wie Venla sich dafür fertigmachte. Miia durfte ihrer großen Schwester beim Toupieren der Haare helfen und die Farbe des Lidschattens aussuchen. Bevor sie zur Disko aufbrach, hatte sie Miia ihr ganzes Make-up geschenkt, Sachen, die sie vorher nicht einmal berühren durfte.

Es war schon deutlich nach eins, als Miia das Geschirr in die Spülmaschine räumte, doch ihre Mutter war immer noch nicht aufgetaucht. Die Chorprobe war schon seit über einer Stunde zu Ende und auch der auf die Probe folgende Kaffeeplausch war sicher längst vorüber. Miia schaute aus dem Fenster und wartete darauf, dass Mutter auf den Weg vor ihrem Haus einbog. Vom Himmel fielen große Schneeflocken herab.

Plötzlich fiel Miias Blick auf einen roten BMW, der etwa fünfzig Meter vom Haus ihrer Mutter entfernt geparkt hatte.

Miia rannte nach draußen. Als sie auf die Straße kam, fuhr das Auto los und geradewegs auf sie zu. Um ein Haar hätte es sie gestreift, wenn sie nicht im letzten Augenblick zur Seite gesprungen wäre.

Als sie sich den Dreck aus dem Gesicht wischte, sah sie ein paar Meter entfernt ihre Mutter stehen.

»Jetzt kannst du keinen Kaffee mehr trinken. Zumindest ich kann es nicht. Das Herz klopft schon so wild genug. Wir kochen uns einen Tee oder Kakao«, sagte ihre Mutter mehr zu sich selbst und hielt den Wasserkocher unter den Wasserhahn.

»Kamillentee beruhigt doch«, überlegte Mutter. »Irgendwo habe ich bestimmt noch welchen. Warte, ich schau mal nach.«

Kurz darauf hatte Mutter Tee, Plätzchen, Piroggen und sogar eine Flasche Kognak und zwei Gläser auf den Tisch gestellt. Sie aßen und tranken und Miia hörte sich geduldig den neuesten Tratsch aus dem Chor an. Miia schenkte ihrer Mutter unauffällig noch einen Kognak ein und sie wurde langsam gesprächig, Mutter verriet sogar, dass sie letzten Winter ein kleines Techtelmechtel mit einem Bariton aus ihrem Chor hatte.

»Er ist auch verwitwet, aber für meinen Geschmack zu knausrig. Außerdem wollte er gleich heiraten.«

»Heiraten?«

»Alle alten Männer sind faul und wollen heiraten, um sich bedienen zu lassen«, stieß Mutter lachend hervor. Es war schön, die Mutter lachen zu hören, das hatte sie seit Jahren nicht getan.

»Wie steht es bei dir mit den Männern?«

Miia zuckte mit den Schultern und schob die Flasche von sich weg. Der Kognak hatte in der Tat seine Wirkung getan, denn über so was hatten sie noch nie gesprochen.

»Na, irgendwas wirst du doch am Laufen haben. Eine schöne und kluge junge Frau wie du.«

Mutter sah sie forschend und sanft an. Miia fühlte eine Nähe, die sie schon seit Jahren nicht mehr empfunden hatte, um genau zu sein, seit Venla verschwunden und Vater gestorben war. Sie entschloss sich, ihrer Mutter von Mikael zu erzählen. Sie hatten sich schon eine Weile nicht gesehen, doch Mikael hatte nicht aufgegeben und schickte ihr jeden Tag mindestens eine Nachricht. Er sei verliebt und vermisse sie. Doch zu Miias Glück musste Mikael gerade jetzt so viel verreisen, dass sie einem Treffen leicht ausweichen konnte. Aus Michael und ihr würde wohl doch kein Paar werden. Mutter lachte kichernd zu ihrer leicht ironischen Schilderung von Mikaels Geradlinigkeit.

»Ich finde, dieser Mikael klingt recht interessant. Schnapp ihn dir, bevor er dir entwischt.«

»Du möchtest doch nur Oma werden«, lachte Miia und registrierte, wie Mutters eben noch so leuchtende Augen dunkel wurden. »Mutter ... Bei Nikke und Suski klappt es schon noch ...«

»Venla hat mich einmal angerufen, als Vater nicht zu Hause war, und gesagt, dass alles gut ist.«

»Was? Wovon sprichst du?« Miia sah ihre Mutter besorgt an, Tränen liefen ihr über die Wange. War Venla etwa wirklich noch am Leben oder waren Wahrheit und Wunschdenken in Mutters fragilem Verstand durcheinandergeraten?

»Sie sagte, ich brauche mir keine Sorgen zu machen ...«

»Von wo aus hat sie angerufen?«

»Ich muss mich jetzt ein bisschen hinlegen«, sagte Mutter und erhob sich schwankend vom Tisch. »Es raubt mir meine Kraft ... das alles ...« Die eben noch so energische, mit vom Kognak geröteten Wangen am Tisch sitzende Chorsängerin war einer müden, von zu viel Trauer heimgesuchten und ihrer Kraft beraubten alten Frau gewichen. Miia wollte ihre Mutter nicht mit weiteren Fragen quälen, doch eine Frage musste sie ihr noch stellen, bevor diese die Küche verließ: »Wer ist Olli Oinonen?«

»Frag Korhonen. Er wird es dir sagen, wenn du ihm übermittelst, dass ich es so will.«

33 Es war schwer zu sagen, wann er sich das letzte Mal für etwas so begeistert hatte. Eine attraktive Frau rannte durch den Wald, der Boden mit frischem Schnee bedeckt und im Hintergrund erklang ein Stück von *Florence + the Machine.* Der neueste Eintrag hatte etwas so Ergreifendes, dass Pasi die Tränen in die Augen schossen. Schon den ganzen Herbst hindurch hatte er den Vlog *LIFE ACCORDING TO ME* intensiv verfolgt, ohne selbst so richtig zu verstehen, warum. Der Vlog zeigte nichts anderes als eine Frau, die durch den Wald rannte und munter vor sich hin plapperte, und dennoch wäre er sogar bereit gewesen, dafür zu bezahlen. Vielleicht lag es ja auch daran, dass ihn der Vlog für einen Augenblick vollkommen vergessen ließ, dass er in einem gläsernen Bürogebäude vor einem Bildschirm saß und sein Hinterteil immer breiter wurde.

»Tikka!«, schrie Tötterman so laut, dass es selbst mit Kopfhörern nicht zu überhören war. Kurz darauf stand der zwei Meter große Koloss neben seinem Schreibtisch.

»Was gibt's?« Pasi nahm die Kopfhörer ab.

»Was machst du hier? Fahr sofort wieder nach Palokaski!«

»Ich betreibe gerade Hintergrundrecherche.«

Tötterman warf einen Blick auf den Bildschirm, auf dem die rennende Emilia im Standbild verharrte.

»Na, wer recherchiert nicht gern solche Hintergründe.

Doch hör zu, die Geschichte wird immer besser. Das glaubst du nie! Es wird schon wieder eine Tussi vermisst. Nora Hyvärinen. Im gleichen Alter wie die vorige, Laura sowieso.«

»Anderson.«

»Genau«, sagte Tötterman und blickte wieder auf den Bildschirm.

»Woher weißt du das? Warum habe ich nichts davon gehört?«

»Das ist eine gute Frage. Eigentlich hättest *du mir* diesen Scoop präsentieren sollen«, sagte Tötterman und betonte jedes Wort. »Aber so viel kann ich verraten, wir sind die Ersten, die darüber berichten, und alle anderen müssen in ihren Beiträgen auf uns verlinken.« Wie zur Bekräftigung seiner Worte flog ein Tropfen Spucke auf Pasis Stirn. In der Redaktion hatte sich dafür der Ausdruck »nasse Kladde« eingebürgert. Wenn man von einer nassen Kladde erwischt wurde, war es zwecklos, sich weiter zu sträuben. Pasi hatte auch gar keine Veranlassung dazu, er wollte die Story machen! Er hatte zum ersten Mal seit langer Zeit mal wieder einen echten Scoop in den Fingern! Und brauchte nicht mehr über Schlägereien Besoffener in einer heruntergekommenen Kneipe oder nächtliche Kellerausflüge demenzkranker Alter zu berichten. Ein Serienmörder! Mit diesem Wort würde sich Pasis Name unauslöschlich in das Gedächtnis der Menschen einprägen.

»Am besten, du packst gleich deinen ganzen Kram

ein, dann können wir in der Zwischenzeit jemand anderen an deinen Schreibtisch setzen«, sagte Tötterman mit einem Gähnen und streckte sich.

»Wie bitte?«

»Du brauchst für die Geschichte gut und gerne ein paar Wochen, vielleicht sogar Monate. Wir können es uns nicht leisten, den Platz so lange unbesetzt zu lassen.« Tötterman beförderte einen Pappbecher vom Tisch in den Papierkorb.

»Ich darf also frei schreiben? Aus welcher Perspektive auch immer? Interviewen, wen ich will? Und so viel Zeit und Zeichen verwenden, wie ich will?«, vergewisserte sich Pasi bei Tötterman, der abwesend auf seinem Handy herumtippte. Töttermann lachte zufrieden und zeigte Pasi das Display. Auf einem Instagram-Bild streckte die frischgebackene Miss Suomi dem Betrachter ihren mit einem String bekleideten Allerwertesten entgegen, dahinter schäumte das Meer und darunter stand »Tolle Aussicht!«

»Du hattest ganz recht damit, dass ihr Redakteure bald nicht mehr gebraucht werdet.«

»Ja, aber mein Auftrag ...«

»Ganz genau«, sagte Tötterman und steckte das Telefon in die Tasche. »Du kennst doch unsere Vereinbarung für freie Mitarbeiter. Das Grundgehalt wird gezahlt, wenn du uns den Artikel geliefert und ich ihn redigiert habe. Die Höhe richtet sich also nach der Länge des gedruckten Artikels. Für jeden Klick oberhalb der Untergrenze von einhunderttausend gibt es einen Bonus. Wenn du mit der Geschichte nichts verdienst, bist du selbst dran schuld. *Lycka till*!« Tötterman schlug ihm kräftig auf die Schulter und drehte sich auf dem Absatz um. »Ach so, ja, du solltest dich ein bisschen beeilen. Dein E-Mail-Konto wird in exakt einer Stunde geschlossen«, rief er ihm aus einiger Entfernung quer durch das Großraumbüro zu.

Der Wirt schob ihm den dritten Salmiak-Wodka über die Theke und erklärte, dies sei vorerst der letzte. Danach würde er ihm nichts mehr ausschenken, das stärker war als Bier.

Pasi schlurfte mit einem großen Bier in der Hand in eine Ecke und zog einen Stapel E-Mail-Nachrichten aus seinem Rucksack, die er vor seinem Aufbruch in aller Eile ausgedruckt hatte. Die Kosten für die Ausdrucke würde man ihm mit hoher Wahrscheinlichkeit vom Honorar für den ersten Artikel abziehen, aber das war nur ein kleiner Posten angesichts seines drohenden Bankrotts. Er hatte schließlich gewusst, dass man auch feste Mitarbeiter loswerden wollte. Aus seiner näheren Umgebung waren in den letzten zwei Jahren eine Reihe von Kollegen ohne Abschiedsgruß verschwunden. So ging das also: Zuerst wurde einem ein Auftrag als freier Mitarbeiter angeboten und nahm man diesen an, hatte man auch schon gekündigt.

Pasi blätterte in den Ausdrucken auf dem Tisch. Im

Laufe der Jahre hatte er Zehntausende Nachrichten erhalten, obwohl er immer versucht hatte, seine E-Mails aufzuräumen, wenn von der IT-Abteilung die entsprechende Aufforderung kam. Er hatte selbst mehr als zwölfhundert ungelesene Nachrichten. Die Menschen sahen es als ihre Pflicht an, einem Redakteur alles zu melden, was ihnen in ihrer Umgebung unangenehm auffiel. Mindestens einmal pro Woche erreichte ihn eine Nachricht, mit der vom Absender ein Artikel über die Gefährdung der Verkehrssicherheit durch Fahrradfahrer, über die Ignoranz von Hundebesitzern oder die mangelnden Finnisch-Kenntnisse von Busfahrern gefordert wurde. Der größte Teil der ungelesenen – und mittlerweile schon gelöschten – Mails bestand genau aus solchen Aufforderungen, denn Pasi hatte gelernt, die Art der Mails bereits an der Betreffzeile zu erkennen. Doch waren unter ihnen auch einige interessante gewesen. Wie die Mail, die ihm letzten August mit dem Betreff »Anhalter« geschickt wurde und die Pasi jetzt in der Hand hielt:

»Vor ungefähr zwanzig Jahren habe ich in meinem LKW ein Mädchen mit dem Namen Venla mitgenommen ...«

34 Die Uhr des Computers stand auf viertel nach zwei. Toni Ojantaus war zu spät. Emilia hatte ihm bei ihrer letzten Begegnung am Montag im Haus der Ojantaus die Uhrzeit extra auf die Rückseite ihrer Visitenkarte geschrieben. Andererseits war es keine Überraschung, dass Toni nicht zum Verhör erschienen war. Emilia hatte sich anhand des Polizeiregisters mit Tonis Lebenslauf vertraut gemacht und dieser sah nicht allzu rosig aus. Kleinere Diebstähle, Körperverletzungen, mehrmals Ausnüchterungszelle. Alles Dinge, die bei einem durchschnittlichen Vorstadtjugendlichen nicht ungewöhnlich waren, jedoch nicht beim Sohn der reichsten Frau von Palokaski, selbst wenn sie alleinerziehend war.

Emilia wartete nicht nur auf Toni Ojantaus. Seit dem Vormittag wartete sie auch auf eine Nachricht vom kriminaltechnischen Labor, das sie um eine genauere DNA-Analyse im Fall des Tötungsdelikts an Tiina Ojantaus gebeten hatte. Schon am Morgen war es überraschend schwierig gewesen, Auskunft über die ersten Ergebnisse der DNA-Tests zu erhalten, obwohl klar war, dass man ihr die Analyse zukommen lassen sollte. Als sie schließlich im Labor anrief und sich nach den Ergebnissen erkundigen wollte, teilte man ihr mit, diese seien bereits an Kriminalkommissar Korhonen weitergeleitet worden. Erst als Emilia erklärte, sie sei von der Zentralkripo, war der Analytiker bereit, die Ergebnisse auch ihr zu schicken.

Tiina Ojantaus' Palast war gründlich auf den Kopf gestellt worden. Doch es wurden keinerlei Hinweise darauf gefunden, dass sie zu Hause ermordet worden war. Dafür waren an Ojantaus' Leiche und der Folie, in der diese eingewickelt war, drei verschiedene DNA-Spuren sichergestellt worden, zwei männliche und eine weibliche, die alle in einem engeren Verwandtschaftsverhältnis zu ihr gestanden haben mussten. Die männlichen DNA-Spuren gehörten aller Wahrscheinlichkeit nach zu Toni und Lauri. Wer die weibliche Verwandte gewesen sein könnte, wusste man noch nicht.

Emilia hatte noch einmal die Angaben im Melderegister untersucht, die sie sich schon einmal angesehen hatte, nachdem die Identität des Opfers feststand. Es war genauso, wie sie sich erinnerte: Tiina Ojantaus hatte keine Geschwister und ihre Mutter war bereits vor mehr als zehn Jahren gestorben. Doch der DNA-Test log nicht. Tiina Ojantaus musste eine Schwester oder Tochter haben, die aus irgendeinem Grund nicht im Register der Behörden verzeichnet war.

Beim Überprüfen der Angaben war ihr plötzlich die Begegnung bei Miia Pohjavirta zu Hause in den Sinn gekommen. Lauri Ojantaus war total verschlafen in der Küche aufgetaucht und Emilia hatte für einen Moment gedacht, dass Miia auch sehr gut Lauris Mutter sein könnte, so ähnlich sahen sie sich. Obwohl sie wusste, dass es wahrscheinlich nichts brachte, hatte Emilia das Labor gebeten, Miia Pohjavirtas DNA mit der an der Leiche von Tiina Ojantaus gefundenen DNA zu vergleichen. Zum Glück wurde mittlerweile eine DNA-Probe aller an den Ermittlungen Beteiligter in der DNA-Bank gespeichert, seitdem einmal bei einem Fall eine am Tatort gefundene DNA fälschlicherweise für die DNA eines unbekannten Täters gehalten wurde.

»Guten Tag«, sagte Emilia und hob nach kurzem Zögern den Blick vom Bildschirm. Auch ohne hinzusehen, wusste sie, dass der Ankömmling Korhonen war, denn ihm haftete ein starker Eigengeruch an, der Emilia an ihre Kindheit und die Besuche bei den Großeltern erinnerte: der Geruch des Alters.

»Was gibt es Neues?«

»Ich warte auf Toni Ojantaus. Der sollte schon vor zwei Stunden da sein.«

»Aber natürlich«, murmelte Korhonen. »Da hilft wohl nichts anderes, als ihn zur Fahndung auszuschreiben.«

Emilia verfolgte, wie er das Gewicht von einem Bein auf das andere verlagerte, bis er sich endlich hinsetzte. Korhonen war wie ein kleines Kind, das sich nicht traute, etwas Unangenehmes zuzugeben.

»Du hast die Ergebnisse der DNA-Untersuchung gesehen?«

»Da war ja nichts besonders Auffälliges dabei«, sagte Korhonen verhalten.

»Wie bitte, nichts Auffälliges?«

»Na, die DNA naher Verwandter am Opfer zu finden, kann ja wohl kaum als Durchbruch bezeichnet werden.«

Emilia betrachtete Korhonen, dessen Augen in den letzten Tagen tief in ihre Höhlen eingesunken waren. War der legendäre Kommissar tatsächlich so alt und senil geworden, dass er nicht erkannte, welche Schlüsselrolle den Ergebnissen möglicherweise zukam? Oder wollte er jemanden schützen? Miia vielleicht?

In diesem Augenblick war ein kurzer Signalton zu hören. Emilia blickte blitzschnell wieder auf ihren Bildschirm und klickte aufgeregt auf den kleinen gelben Briefumschlag, der am rechten unteren Bildschirmrand erschienen war. Die Nachricht öffnete sich quälend langsam. Wahrscheinlich lag es an der Tabelle mit der DNA-Analyse im Anhang.

»Na dann wollen wir mal wieder«, hörte Emilia Korhonen sagen. Sie antwortete mit einem Lächeln und hörte kurz darauf, wie Korhonen sich von seinem Stuhl erhob und zur Tür ging. In dem Moment, in dem die Tür hinter Korhonen ins Schloss fiel, fand Emilia in der Mail die Information, die sie gesucht hatte:

Die an der Leiche gefundene DNA einer nahestehenden Verwandten stimmte mit der DNA von Miia Pohjavirta überein.

35

Suski ließ die Brösel ins Waschbecken fallen und spülte sie in den Ausguss. Dann warf sie den Abwaschlappen in den Mülleimer, wusch sich die Hände und blickte zufrieden um sich. Die Küche war blitzsauber. Wenn der Anruf jetzt käme, wäre sie sofort bereit zum Aufbruch.

Seit jenem Moment, als der weiße Mercedes davongebraust war, hatte sie nur gewartet. Nachts konnte sie nicht einschlafen und tagsüber traute sie sich nicht, die Wohnung zu verlassen, aus Angst, sie könnte draußen das Klingeln überhören. Bei ihrer Arbeitsstelle, der Mütterberatung, hatte sie gesagt, dass sie einen Magen-Darm-Infekt habe. Von einer Gesundheitsschwester wurde schon ab dem ersten Tag der Abwesenheit ein ärztliches Attest verlangt. Doch verglichen mit dem, was sie bald bekommen würde, waren ein kleiner Anschiss und einige Tage unbezahlter Krankenurlaub bedeutungslos.

Suski griff nach dem Telefon auf dem Tisch. Immer noch nichts. Natürlich wusste sie als eine vom Fach, dass Eizellen nicht sofort nach der Befruchtung zum Transfer in die Gebärmutter fertig waren. Aber sie konnte es kaum noch erwarten! Sie hatte schon so lange gewartet. Und außerdem war es am einfachsten, die Eizellen tagsüber einsetzen zu lassen, wenn Nikke arbeiten war. Dann blieben ihr weitere Lügen erspart. Natürlich hatte auch

Nikke seine kleinen Geheimnisse. Suski wusste schon lange, dass er in seinem Sprechzimmer heimlich Aufzeichnungen von Schülern, vor allem von Schülerinnen, anfertigte, doch sie hatte beschlossen, es nicht zur Sprache zu bringen. Aber wenn Nikke ihr im Bett lustlos den Rücken zuwandte, kamen ihr die Videobänder wieder in den Sinn, die sie beim Saubermachen im hintersten Teil des Strumpffaches gefunden hatte.

Das Telefon in ihrer Hand klingelte und sie fühlte, wie ihr Herzschlag einen Moment lang aussetzte. Auf dem Display blinkte *Unbekannter Anrufer*.

»Wir holen dich in fünfzehn Minuten ab. Sei bereit«, sagte eine männliche Stimme auf Englisch. »Und vergiss die Prämedikation nicht.«

Gerade als sie fragen wollte, ob es im Krankenhaus Handtücher gäbe oder ob sie ihre eigenen mitbringen solle, wurde der Anruf beendet. Suski rannte in den Flur, nahm aus der Seitentasche ihrer Handtasche ein Tablettenröhrchen, das ihr vor zwei Wochen mit der Post zugeschickt worden war, und kippte den Inhalt auf ihre Handfläche. Es waren insgesamt vier Tabletten, gegen die Schmerzen und zur Beruhigung. Die Medikamente sollten sofort im Anschluss an den Anruf eingenommen werden, damit die Wirkung bis zur Operation einsetzen konnte. Suski eilte in die Küche und spülte die Tabletten mit Wasser hinunter. Nun noch schnell Zähne putzen und dann war sie fertig. Die Krankenhaustasche stand schon seit zwei Tagen fertig gepackt im Flurschrank.

Schon im Treppenhaus hatte sich ihr Befinden verändert. Der Kopf fühlte sich schwer an, es war beinahe unmöglich, ihn gerade zu halten. Draußen fiel dichter Schneeregen vom Himmel und jedes vorüberfahrende Fahrzeug bespritzte ihre helle Jacke aus Wollstoff mit Schlamm. Doch es störte sie nicht weiter und sie hatte das vorbeigefahrene Auto schon vergessen, bevor das nächste kam. Endlich rollte der weiße Mercedes heran und sie nahm alles nur noch verlangsamt wahr. Das Letzte, was sie hörte, war ein Knarzen, als sie auf den Ledersitzen der Rückbank eine bequemere Stellung suchte. Dann sah sie eine endlos erscheinende Treppe und einen langen weißen Flur. Danach nichts mehr.

36 Korhonen drehte das Kassettendeck seines Autos leiser und Frank Sinatras Stimme verstummte. Er musste Miia anrufen, doch wo war das verflixte Telefon? Nicht in der Tasche und auch nicht im Handschuhfach, dort hatte er schon nachgeschaut und wäre beinahe auf ein an der roten Ampel haltendes Auto aufgefahren.

Korhonen fuhr zu einer Tankstelle, parkte am Rand und stieg aus. Er durchsuchte noch einmal seine Taschen, den Fußraum vorn und hinten und sogar den Kofferraum. Schließlich öffnete er das Fach zwischen Fahrer- und Beifahrersitz und dort war es natürlich. Er hatte das Fach ewig nicht benutzt und es war voller Werbekugelschreiber, Zettel, Münzen, Einkaufschips und Kassetten.

Korhonen seufzte schwer und setzte sich wieder in den Wagen. Das Telefon zeigte vier verpasste Anrufe von Annikki und einen von Emilia an. Was will die denn schon wieder, überlegte er und wählte Miias Nummer. Hatten sie nicht schon genug Arbeit. Brauchten sie jetzt diese Frau, die mit allen Mitteln Miia zur Schuldigen machen wollte?

Das Telefon klingelte lange, aber Miia antwortete nicht. Es gab jetzt nur noch eine Möglichkeit.

Korhonen parkte das Auto vor dem Haus der Pohjavirtas. Auf dem gleichen Platz hatte er auch damals gestanden, als er Ende der 80er Jahre zum ersten Mal hier gewesen war. Damals hatten die Eltern ihre Tochter Venla Pohjavirta als vermisst gemeldet und Korhonen, der sich auf dem Höhepunkt seiner Karriere befand, war zu ihnen nach Hause gefahren, um sie zu befragen.

An Venlas Fall war zunächst nichts Ungewöhnliches, Teenager verschwanden von Zeit zu Zeit. Fast immer lag der Grund für ihr Verschwinden im Elternhaus: Erst hatte es einen Streit gegeben und dann waren sie abgehauen. Meistens wurden sie spätestens nach zwei Wochen bei einem Freund oder einer Freundin gefunden. Im Sommer ließ sich in neun von zehn Fällen anhand des Festivalkalenders sagen, in welchem Teil des Landes der oder die Vermisste wieder auftauchen würde.

Venlas Vater Paavo Pohjavirta war überraschend ruhig gewesen, machte aber auf Korhonen den Eindruck, als verheimlichte er etwas. Allerdings war es nicht ungewöhnlich, dass die Eltern sich nicht trauten zuzugeben, wie heftig sie sich mit ihrem Kind gestritten hatten. Venlas Mutter Aura war völlig aus der Bahn geworfen. Sie hatte während des ganzen Treffens nur dagesessen und kein Wort gesagt.

Nach ein paar Wochen wurde der Fall dann doch komplizierter, als sie anfangs glaubten. Keiner von Venlas Freunden schien zu wissen, wohin sie verschwunden war, und es gab in ganz Finnland keinen einzigen Hinweis auf sie.

Korhonen stieg aus dem Auto aus und ging zur Tür.

Als Paavo Pohjavirta ein paar Jahre nach Venlas Verschwinden bei einem Autounfall ums Leben gekommen war, hatte Korhonen wieder sein Auto vor dem Haus geparkt, war den gepflasterten Weg entlanggelaufen und hatte die Türklingel gedrückt. Er erinnerte sich noch sehr genau an Auras Gesichtsausdruck, als diese die Tür öffnete. Diese Mischung aus Hoffnung und Furcht spiegelte sich seit Venlas Verschwinden sicher jedes Mal auf ihrem Gesicht wider, wenn das Telefon klingelte oder es an der Tür läutete. Als Korhonen damals vor der Tür gestanden hatte, hatte Aura sofort an seinem Gesicht gesehen, dass er keine guten Nachrichten hatte. Doch es war einer der schwersten Momente als Polizist, als er ihr sagen musste, dass nicht Venla, sondern Paavo tot aufgefunden worden war.

Dieses Mal wurde die Tür von einer unendlich müde aussehenden Frau geöffnet.

»Ach du, komm rein.«

Auf dem Küchentisch standen eine Packung Milch und ein noch eingeschweißter Hefezopf. Aura riss zwei Blatt von der Küchenpapierrolle ab und reichte eines davon Korhonen. Dann stellte sie eine Kaffeetasse auf den Tisch und sank auf den Stuhl.

»Trinkst du keinen?«, fragte Korhonen.

»Nein.«

Korhonen sah Aura fragend an und nahm seinen Löffel aus der Tasse. Er musste den Kaffee wohl schwarz trinken. Er wollte Aura nicht nach Zucker fragen, weil er fürchtete, sie könnte zusammenbrechen, wenn sie noch einmal vom Tisch aufstehen musste.

»Du hast sicher gehört, dass Tiina Ojantaus tot ist.« Aura nickte, sagte aber nichts, sondern starrte nur zum Küchenfenster hinaus. Sie war immer noch eine schöne Frau. Alt natürlich, aber das war Korhonen auch. Aura hatte etwas Nobles an sich, etwas Erhabenes, das sie sich im Laufe der Jahre bewahrt und das Miia geerbt hatte. Wenn man Aura ansah, konnte man sich vorstellen, wie Miia im Alter einmal aussehen würde.

»Aura, ich bitte dich. Ich weiß, dass ich dir versprochen habe, niemals darüber zu reden. Und ich habe es all die Jahre für mich behalten. Doch jetzt bitte ich dich, dass du Miia alles sagst. Bevor sie es von jemand anderem erfährt.«

»Ich habe ihr gesagt, sie soll dich fragen.«

37 Die Mensa im Polizeigebäude lag verlassen vor ihr. Die Angestellten hatten geregelte Büro- und Essenszeiten und um drei Uhr nachmittags gab es weder Gesellschaft geschweige denn noch etwas zu essen. Obwohl die Essensregale an der Selbstbedienungstheke absolut leer waren, hing immer noch ein ekelhafter Geruch nach Fisch und Knoblauch in der Luft.

Emilia blickte sich um. In der letzten Ecke des Saals saßen zwei Leute in Dienstkleidung bei einer Tasse Kaffee. Offensichtlich ein Paar, obwohl sie sicher alles taten, um es zu verbergen. Beziehungen am Arbeitsplatz waren innerhalb der Polizei streng verboten, allerdings nach Emilias Beobachtungen weitaus üblicher als bei anderen Berufsgruppen. Auch sie hatte einmal vom verbotenen Braten gekostet und Jahre darauf gewartet, dass der andere seine Frau verließe, so wie er es tausend Mal beteuert hatte. Doch schließlich hatte sie enttäuscht aufgegeben und sich nach dem Ende der Beziehung voll und ganz in die Arbeit gestürzt.

Emilia öffnete ihre Salatbox. Sie hatte schon vor Jahren aufgehört, mittags in Mensen zu essen, da schon eine kleine Portion vom Kantinenessen leicht die empfohlene Tagesration an Kalorien überschritt und andererseits die Nährwerte der verwendeten Lebensmittel gegen null gingen. Es war Zeit, eine kurze Pause einzulegen. Sie hatte unzählige Male versucht, Miia telefonisch zu erreichen, und nachdem das nicht gelungen war, eine Polizeistreife zu ihr nach Hause geschickt, um sie abzuholen. Vergebens. Keiner schien zu wissen, wo sie sich aufhielt. Nicht einmal Lauri, den sie bei Miia zu Hause angetroffen hatten, konnte sagen, wo Miia oder sein Bruder steckten. Zur Not würde sie Lauri aufs Revier holen. Vielleicht kamen die Verschollenen dann aus ihren Verstecken.

Der Salat schmeckte abgestanden. Sie hatte ihn schon am vergangenen Abend zubereitet, weil sie morgens vor Korhonen im Büro sein wollte. Das zeitige Aufstehen war zwecklos gewesen, denn Korhonen hatte die Laborergebnisse trotzdem vor ihr bekommen. Emilia stöhnte. Die Untersuchungen gingen schleppend voran, auch ohne dass Korhonen unentwegt Sand ins Getriebe streute. Sie war sich sicher, dass Korhonen über das Geschwisterverhältnis von Tiina und Miia Bescheid gewusst hatte. Und über das Doppelleben, das Miias Vater mit einer zweiten Familie führte. Sie musste sein Handeln schnellstmöglich unter die Lupe nehmen, doch jetzt aß sie erst einmal ihren Salat.

Emilia zog das Telefon hervor. Sie scrollte durch die Kommentare ihres Vlogs, eine hervorragende Entspannungsmethode, die die Gedanken von der Arbeit ablenkte. Im Postfach war eine neue Kontaktanfrage, sie kam aus Singapur. Das Pseudonym ILOVEFINLANDFOREST wollte wissen, welcher Baum in dem Wald wuchs, durch den sie auf dem im letzten Sommer aufgenommenen

Video lief. In der Mail war ein Link zum Video und Emilia klickte ihn an. Sie erinnerte sich an diese Joggingrunde noch sehr gut. Sie war am Vortag erst aus Miami zurückgekehrt und das Laufen fiel ihr unangenehm schwer. Auf dem Video ließ sie sich darüber aus, wie beklemmend der dichte, dunkle Wald sich anfühlte nach den Wochen, die sie am Strand eines türkisfarbenen Meeres verbracht hatte. Emilia hielt das Bild an und zoomte auf die Bäume. Das war ein ganz normaler finnischer Mischwald mit Kiefern, Fichten, Birken, Espen, Erlen sowie ein paar Weiden und Vogelbeerbäumen. Welchen Baum meinte der Mensch aus Singapur bloß?

Da fiel ihr Blick auf ein kleines, kaum sichtbares Gebäude hinten im Wald. Das Häuschen war ihr auf ihren Joggingrunden nie aufgefallen, was sicher daran lag, dass sie auf diesem Weg meist nur im Sommer, wenn die Blätter an den Bäumen die Sicht nahmen, joggte. Die Strecke war nicht weit entfernt vom Ufer, genau genommen konnte Ojantaus Strandvilla nicht weit sein. Emilia öffnete Google Maps, und richtig, das Häuschen stand auf dem Grundstück der Ojantaus'.

Das Häuschen war viel größer, als es auf den Bildern aussah, und es war auch kein verfallenes Sommerhäuschen, sondern ein mindestens sechzig Quadratmeter großes Gebäude, das vom Stil her sehr an Ojantaus' Glaspalast erinnerte. Emilia drehte den Blumentopf um, der neben der Tür verkehrt herum auf der Erde lag. Er wartungsgemäß lag darunter der Schlüssel. Nachdem sich die Tür ohne einen Alarm geöffnet hatte, drehte Emilia eine schnelle Runde durch die Zimmer. Alles war von einer hauchdünnen Staubschicht bedeckt. Das Haus war vollgestopft mit verschiedenen Instrumenten, Sofas, Tischen und Elektronik. Fernseher gab es mindestens vier, mindestens so viele Spielkonsolen, und die Tonanlagen hätten für mehrere Bands gereicht. Zur Krönung standen neben der Kaffeemaschine noch drei Mikrowellen. Doch von Toni – oder seiner Tante – keine Spur.

Emilia ging die Kellertreppe hinunter. Zur Tür unterhalb der Treppe passte der gleiche Schlüssel wie zur Außentür und hinter der Tür lag ein langer Flur, dessen Wände im fleckenlosen Weiß leuchteten. Der Ort erinnerte nicht im Entferntesten an die üblichen muffigen Keller, sondern eher an ein ... Krankenhaus? Schon beim Öffnen der Tür war ihr der seltsame Geruch aufgefallen und jetzt wusste sie auch, wonach es roch: nach Desinfektionsmittel!

Am Ende des Flurs war wieder eine Tür, die ebenfalls verschlossen war, doch diesmal passte der Schlüssel nicht. Nach einigen Versuchen gelang es Emilia, das Schloss zu öffnen. Der Raum war niedrig und hatte keine Fenster. In der Mitte standen zwei Krankenhausbetten, andere Möbel gab es nicht. Sie ging zu den Betten, die tadellos gemacht waren, die Laken ohne eine einzige Falte. Das ganze Zimmer wirkte wie frisch gesäubert, nirgends war auch nur das kleinste Staubkorn zu sehen.

Emilia sah sich um, der Raum hatte drei Türen. Eine führte in einen Lagerraum mit leeren, blitzsauberen Regalen, die zweite zu einer Toilette, die dritte ließ sich erst nach mehrmaligem Rütteln öffnen. Dahinter lag ein weiterer, dunkler Raum. Der Lichtschalter war neben der Tür, doch auch nachdem sie ihn betätigt hatte, blieb der Raum dunkel. Emilias Puls beschleunigte sich. Ihre Hand suchte automatisch nach der Waffe, deren warmer Schaft an ihrem Rücken ihr Sicherheit verlieh.

Sie lief an der Wand entlang, die Waffe gegen den Oberschenkel gedrückt. Genau das war es, was sie vermisst hatte. Selbst der widrigste Lauf brachte das Blut in ihren Adern nicht so zum Kochen. Sie hatte viel zu lange in Büros herumgesessen. Wenn der Auftrag in Palokaski vorüber war, würde sie wieder nach Afghanistan gehen und nicht eher zurückkommen, bis sie sicher war, nie wieder im Bereich Wirtschaftskriminalität ermitteln zu müssen.

An der hinteren Wand stand ein Krankenhausbett. Im schwachen Lichtschein, der durch die Tür fiel, sah sie eine zerknautschte Bettdecke. Offensichtlich hatte der Radius der Putzfrau nicht bis hierher gereicht. Emilia näherte sich langsam dem Bett. Je näher sie kam, umso schneller schlug ihr Herz. Das Bett war nicht leer.

Der nackte Mädchenkörper war bereits grau. Die Augen standen offen. Ihr Blick war hoffnungsvoll, als ob das Mädchen im glücklichsten Moment ihres Lebens gestorben war. Sie hatte diesen Blick schon einmal gesehen; auf dem Foto, das Taina Hyvärinen, Noras Mutter, auf Korhonens Schreibtisch gelegt hatte.

38

»Er ist dort hinten«, sagte die Frau, die die Tür geöffnet hatte. »Sagen Sie ihm, er soll reinkommen. Die Sauna ist geheizt.«

»Danke«, entgegnete Miia und ging am Haus vorbei. In der einsetzenden Dunkelheit war gerade noch ein schmaler Trampelpfad im Schnee auszumachen.

Miia war ohne genaue Vorstellungen hergekommen, aber etwas Derartiges hatte sie mit Sicherheit nicht erwartet: im Haus duftete es verführerisch nach frisch gebackenem Hefegebäck und das Grundstück war besser in Schuss als der Garten von Versailles. Waren sie hier wirklich richtig?

Pasi Tikka hatte sie angerufen, als sie bei ihrer Mutter war und von der Mail erzählt, die ihm ein Nipa geschickt hatte. Dieser Nipa war in den 80er und 90er Jahren in Europa LKW gefahren und hatte einmal eine Tramperin namens Venla mitgenommen. Jetzt waren sie hier, um diesen mysteriösen Nipa zu treffen.

»Warte mal kurz«, keuchte Pasi hinter ihr. »Vielleicht sollte ich vorausgehen. Schließlich hat er mit mir Kontakt aufgenommen.«

Im hinteren Teil des Gartens leuchtete ein kleines Gewächshaus wie eine Fackel. Es sah aus, als ob es sich jeden Augenblick in die Luft erheben und davonschweben könnte wie eine Himmelslaterne zum Lichterfest in Thailand. Der Pfad führte zum Gewächshaus. Dort angekommen, hob Miia die Hand, um anzuklopfen, hielt jedoch kurz inne:

»Soll ich mich als deine Fotografin ausgeben?«

»Keine schlechte Idee, aber Fotografen haben in der Regel eine Kamera dabei.«

»Aber, was sagen wir dann? Wenn er gar nicht reden will ...«

»Nun lass uns erstmal abwarten«, sagte Pasi und fasste Miia an der Hand. Im selben Moment wurde die Tür des Gewächshauses aufgerissen.

»Wer schleicht denn hier rum?«

Nipa zerkleinerte mit einem Hammer einen Blumentopf und legte die Scherben dann sorgfältig in einen weiteren Blumentopf. Darauf setzte er eine dicke Wurzelknolle und streute dann vorsichtig Erde darüber.

»Um diese Jahreszeit Pflanzen retten zu wollen ist ein ziemlich hoffnungsloses Unterfangen. Aber ich kann nicht anders«, sagte Nipa und zog aus einer Ecke zwei Klappstühle hervor. »Meine Kumpels lachen immer über mich, aber irgendwas muss man ja tun. Die Tage als Rentner sind ja so schon lang genug.«

Miia setzte sich auf den angebotenen Stuhl und schaute sich um. Das Gewächshaus war voller Orchideen, die in den buntesten Farben um die Wette blühten.

»Ich habe mich schon gewundert, dass auf meine E-Mail keiner geantwortet hat«, sagte Nipa und hob eine vertrocknete Blüte vom Boden auf.

»Sie haben Venla getroffen?«, fragte Miia mit einem Zittern in der Stimme. Es war schwer zu glauben, dass sie diese Frage, die ihr schon so lange auf der Seele lag, endlich stellen konnte.

»Venla hat es zwar nicht ausgesprochen, aber es war völlig klar, dass sie nicht wollte, dass irgendjemand erfuhr, wohin sie unterwegs war. Es sah wie eine Flucht aus.«

Miia wartete darauf, dass er fortfuhr, doch es kam nichts mehr. Sie hatte noch so viele Fragen, wusste aber nicht, wo sie anfangen sollte. Sie stöhnte ungeduldig und zog ihre Steppjacke aus. Im Gewächshaus war es feucht und heiß, die schwüle Luft war unangenehm.

»Sie wissen wahrscheinlich mehr als wir«, sagte Pasi nach einer endlos erscheinenden Pause des Schweigens.

Nipa zog sich auch einen Stuhl heran und stützte sich auf seine Knie. »Mir war schon klar, dass ich mich bei irgendjemandem hätte melden und erzählen sollen, was passiert war. Aber irgendwie konnte ich nicht. Ich hatte so ein Gefühl, dass sie wirklich vor irgendetwas fliehen musste.«

»Wo ist Venla jetzt?«, fragte Miia mit kaum vernehmbarer Stimme. »Wissen Sie, wo Venla ist?«

»Ich habe Venla auf der Fähre nach Schweden aufgegabelt und bis zum Hamburger Hauptbahnhof mitgenommen. Von dort wollte sie weiter nach Italien. Dort hatte sie einen Brieffreund, zu dem sie wollte.«

»Nach Italien«, wiederholte Pasi. Miia sah ihn an.

Sie hatte das Gefühl, als wüsste er, wohin Venla unterwegs war.

»Ich habe ihr ein bisschen Geld gegeben, damit sie sich etwas zu essen kaufen konnte. Ein sehr nettes Mädchen, deine Schwester. Mit viel Sinn für Humor.«

»So, das war dann wohl alles«, sagte Pasi unerwartet und erhob sich. »Wir danken sehr für diese Informationen.«

Miia sah Pasi an und versuchte ihm durch ihren Gesichtsausdruck deutlich zu machen, dass sie noch bleiben und genauere Fragen stellen wollte. Pasi schüttelte den Kopf und wies Richtung Tür.

Miia zog ihre Jacke an und folgte Pasi zur Tür. »Und Sie haben darüber mit niemand anderem gesprochen?«, vergewisserte sie sich noch einmal, bevor sie die Tür aufstieß, hinter der die frostige Nacht sie erwartete.

»Ein Jahr nach Venlas Trampertour kam ein Mann zu mir und erkundigte sich nach ihr«, sagte Nipa und griff nach dem Besen neben der Tür.

»Aber Sie haben doch gerade gesagt, dass Sie mit niemandem über die Geschichte gesprochen haben«, rief Miia ungewollt heftig aus. Was sollte das jetzt? Hatte er sie die ganze Zeit verarscht?

»Ich wollte ihm auch nichts erzählen, aber als er die Fäuste zu Hilfe nahm, ging es nicht mehr darum, was ich wollte.«

»Wer war das?«

»Als LKW-Fahrer kann ich eins gut, und das ist mir

Kennzeichen merken. Nachdem ich aus dem Krankenhaus kam, habe ich mich beim Öffentlichen Fahrzeugregister nach dem Halter erkundigt ...«

»Den Namen!«, schrie Miia.

»Oikarinen, Oinonen oder so ähnlich.«

In Mailand war es neblig und kalt. Die Wolken hingen niedrig und kräuselten sich in den Baumspitzen und engen Gassen. Das war der weißeste Tag, den Venla bisher in Italien erlebt hatte. Sie war zum ersten Mal so weit im Norden Italiens. Für einen Augenblick konnte man beim Anblick der hellen, feuchten, wie mit Watte bedeckten Landschaft fast glauben, man sei in Finnland. Da schlug sie wieder zu. Die Sehnsucht. Die Sehnsucht nach Miia, Nikke, Mutter und Vater, nach Vater vor allem.

Venla fühlte, wie ihr die Kraft aus dem Körper wich. Sie musste sich kurz auf die nächste Bank setzen und tief durchatmen. Von der Bank aus sah sie, wie sich eine kleine Trattoria auf den Mittagsansturm vorbereitete. Die trotz ihrer grauen Haare immer noch ansehnliche Besitzerin deckte selbst die Tische ein und schaute immer wieder prüfend zu ihr herüber. Venla versuchte, munter zurückzulächeln, aber es gelang ihr nicht. Sie fühlte schneidende Schmerzen im Bauch und die Beine taten ihr weh. Venla glaubte keinen Schritt weitergehen zu können. Giuseppe und Sandra hatten sie beinahe genötigt, sie ins Hotel fahren zu dürfen, doch sie hatte das Angebot höflich, aber entschieden abgelehnt und sich zu Fuß zu ihrer Unterkunft auf den Weg gemacht.

Aus irgendeinem Grund wollte sie mit diesem Pärchen nichts mehr zu tun haben. Sie war sich nicht sicher, ob es an den Schmerzen lag, die die Operation verursacht hatte. Oder daran, dass sie eigentlich nicht bereit war, wildfremden Menschen ihre Eizellen zu spenden. Luca hatte sie aber doch umgestimmt. Das Angebot der beiden war mehr als großzügig; mit dieser Summe würden sie nicht nur das Fortbestehen der Bäckerei, sondern auch Robertos Zukunft sichern. Dennoch, der Gedanke, dass irgendwo einmal ihre Sprösslinge herumlaufen würden und sie keinen Kontakt zu ihnen haben durfte, fühlte sich falsch an. Natürlich freute es sie zu sehen, wie viel Glück sie Sandra und Giuseppe mit ihrem Entschluss brachte. Die beiden litten schon seit Jahren unter ihrer Kinderlosigkeit. Als sie zu Beginn des Sommers zusammen in der Pizzeria saßen, hatten sich Sandras Augen mit Tränen gefüllt, während sie von ihrer Begegnung mit Roberto erzählte. »Das könnte doch auch mein Kind sein«, hatte sie gedacht, als sie den Jungen am Sandstrand spielen sah.

Plötzlich wurde Venla etwas klar: So musste es auch Mama und Papa gehen, wenn sie ein junges Mädchen auf der Straße sahen: Irgendwo in der Welt gab es ein Kind, ihr Kind, an dessen Leben sie nicht teilhaben durften.

Sie musste sofort ins Hotel zurück. Sie wollte sobald wie möglich nach Hause, sie wollte Roberto auf den Arm nehmen und ihren Vater und ihre Mutter in Finnland anrufen.

Venla klopfte erneut an die Tür. War das wirklich das richtige Zimmer? Noch bevor sie die Frage zu Ende gedacht hatte, öffnete Luca die Tür. Er umarmte sie lange. Sein Atem roch süßlich nach Wein, und als er zum Sessel vor dem Fenster ging, schwankte er leicht.

Venla stellte ihre Tasche auf den Boden und blickte sich um. Auf dem Tisch neben dem Sessel standen zwei Gläser und eine fast leere Flasche Wein. Luca hatte die Gewohnheit, zum Essen ein paar Gläser Wein zu trinken, und Venla fand das nicht weiter beunruhigend, schließlich taten das alle in Italien. Aber dass er allein im Hotelzimmer einen becherte, während sie eine sehr schmerzhafte Operation über sich ergehen ließ, um Geld für ihre Familie zu beschaffen, das brachte sie zur Weißglut:

»Ich will sofort nach Hause.«

»Solltest du dich nicht noch einen Tag ausruhen?«

»Ich weiß immer noch am besten, was gut für mich ist«, sagte Venla und fing an, die Sachen in die Reisetasche zu stopfen. »Dir hat doch auch keiner geraten, dich zu besaufen, und du hast es trotzdem getan.«

»Besaufen«, lächelte Luca. »Ich habe ein, zwei Gläser getrunken, während ich auf dich gewartet habe.« Luca stand auf und ging auf sie zu, um sie erneut zu umarmen.

»Wie kommen wir jetzt zum Flughafen?«, fragte Venla und versuchte, ihre Wut zu zügeln. »Wir müssen den Mietwagen zurückbringen und ich kann nicht fahren, weil ich starke Medikamente genommen habe.«

»Ich fahre natürlich«, sagte Luca und küsste Venla auf die Stirn. »Ich kann fahren.«

»Sicher?«

»*Naturalmente!*«

Sie packten schnell ihre Sachen und checkten aus dem Hotel aus. Der Nebel war so dicht geworden, dass man kaum einen Meter weit sehen konnte.

»Sollen wir nicht doch ein Taxi nehmen«, fragte Venla, als sie zum dritten Mal um eine Straßenecke bogen und das Mietauto immer noch nicht gefunden hatten.

»Hier ist es doch.« Luca blieb vor einem kleinen roten Fiat stehen. Als er kurz darauf das Auto aus der Parklücke fuhr, hätte er um ein Haar einen von hinten kommenden Mopedfahrer gerammt.

»Bist du dir sicher, dass du fahrtüchtig bist?«, fragte Venla erneut und schaute Luca besorgt von der Seite an.

»Ja, ja! Was fährt der auch ohne Licht«, entgegnete Luca gereizt und gab Gas.

Venla sah den LKW eher als Luca. In den kurzen Sekunden vor dem Zusammenstoß dachte sie, dass sie ihre Hand ausstrecken und das Lenkrad drehen sollte. Doch ihre Hand schaffte es nur bis auf Lucas Schulter; sie hoffte, er würde durch ihre Berührung verstehen, dass sie nicht mehr wütend auf ihn war. Dass sie ihn mehr liebte als alles andere auf der Welt. Auch Roberto sah sie vor sich. Wie sich seine pummelige Hand um ihren Zeigefinger schloss, wenn sie die Straße überquerten. Sein Lächeln, wenn er morgens die Augen aufschlug. Seine hellen, im Wind wehenden Locken, die genauso aussahen wie die Haare auf den Kinderfotos ihres Vaters. Ihr letzter Gedanke galt Miia, Nikke und ihren Eltern und wie sehr sie sich danach sehnte, sie wiederzusehen.

39

Als die Frau die Tür öffnete, war Pasi unwillkürlich enttäuscht. Hatte er erwartet, dass Venla öffnen würde? Alles war bisher komplikationslos verlaufen. Er hatte gleich für den nächsten Tag einen Flug nach Rom bekommen, sich ein Mietauto genommen und gleich beim zweiten Versuch die Adresse gefunden, die auf Lucas Brief als Absender angegeben war. Er wäre gern zusammen mit Miia nach Italien gereist, doch diese fürchtete, man würde sie nicht außer Landes lassen.

»Guten Tag, mein Name ist Pasi Tikka.«

»Sind Sie aus Finnland?«, fragte die Frau in schwerfälligem Englisch.

Sie war ausgesprochen schön. Die am Hinterkopf zu einem Knoten zusammengesteckten Haare waren schwarz und dicht, ihre Nase vornehm gebogen. Unter schön geschwungenen Augenbrauen schauten aufmerksam zwei große, dunkelbraune Augen.

»Ja.«

»Was wollen Sie?«, fragte sie. Pasi glaubte zu erkennen, dass man mit seinem Besuch offensichtlich gerechnet hatte. Während des gesamten Fluges hatte er sich sorgfältig überlegt, wie die erste Begegnung ablaufen würde. Doch nun, da er hier stand, wusste er nicht mehr, was er hatte sagen wollen.

»Ich hätte ein paar Fragen. Ich suche jemanden«, brachte er schließlich hervor.

Die Frau machte keine Anstalten, ihn hereinzubitten, stattdessen rief sie etwas auf Italienisch ins Haus. Das einzige Wort, das Pasi verstand, war *Finlandia*. Kurz darauf schlürfte aus den Tiefen des Hauses eine alte Frau heran, an deren Ohren und Hals weiße Perlen schimmerten.

»Das ist meine Mutter.«

»*Buongiorno*«, sagte Pasi. Das war das Einzige, was er auf Italienisch sagen konnte.

»Bist du ein Freund von Venla?«, fragte die alte Dame auf Englisch und musterte ihn. Ihre Augen waren erstaunlich klar und blau.

Pasi nickte langsam.

»Komm rein. Ich warte schon viele Jahre auf dich«, sagte sie und fasste ihn fest am Arm.

40

Isabella hielt sich am Haltegriff über dem verdunkelten Seitenfenster fest, als Sam mit dem weißen Mercedes um eine Kurve fuhr. Angst hatte sie nicht, aber ganz wohl war ihr auch nicht. Auch wenn Sam offensichtlich ein guter Fahrer und außerdem daran gewöhnt war, auf den schmalen Serpentinen den Berg hochzufahren, ganz so schnell hätte er trotzdem nicht zu fahren brauchen.

»Wie viele Gäste hast du vor einzuladen?«, fragte Sam und suchte hartnäckig ihren Blick.

»So ungefähr zwanzig, fast alles Freunde«, antwortete Isabella und starrte bewusst weiter nach vorne. Wenn sie ihn nicht anschaute, würde er vielleicht auch endlich seine Augen auf die Straße gerichtet lassen. Nachts hatte es geschneit und die Straße war von einer dünnen Eisschicht bedeckt. Sicher war Sam noch nie bei derartigen Witterungsverhältnissen Auto gefahren; wenn er nicht aufpasste, lägen sie aufgebettet in einem Leichenwagen, noch bevor die Gästeliste überhaupt erstellt war.

»Ich möchte deine Freunde vor der Hochzeit kennenlernen.« Sam gab noch mehr Gas, obwohl kaum fünfzig Meter vor ihnen ein Auto fuhr. Im letzten Augenblick schaltete er den Blinker ein und wechselte auf die Überholspur. Ebenso ruckartig verlief das Zurückschwenken, denn der entgegenkommende LKW war überraschend schnell näher gekommen.

»Ich glaube nicht, dass das möglich ist. Wir haben heutzutage doch alle so viel zu tun«, seufzte Isabella. Es war nicht einfach, den Griff umklammert zu halten, so schweißnass wie ihre Hände waren.

»Sag mir wenigstens die Namen.«

»Na, Miia, Nikke, Suski und Aikku zum Beispiel.« Isabella schaute verwundert zu Sam. Was um Himmels willen fing er mit dieser Information an?

»Es wäre schön, diese Miia, Nikke, Suski und Aikku mal zu treffen.«

Zum Strandpavillon von Palokaski waren es nur noch wenige Kilometer. Sie fuhren dorthin, um die Arrangements für ihre Hochzeitsfeier zu besprechen. »Hochzeitsfeier« – Isabella ließ sich das Wort auf der Zunge zergehen. Schwer zu glauben, dass das wahr war. Dass sie endlich heiraten würde und dann auch noch so einen perfekten Mann, der allerdings kein Ritter der Straße war, aber das würde sie ihm schon noch beibringen. Alles war so schnell gegangen, dass sie Angst hatte, nicht hinterherzukommen. Jahrelang war sie Single gewesen und jetzt plötzlich stand sie kurz davor, eine Braut zu sein.

»Dann lass uns eine Verlobungsparty feiern«, sagte Isabella. »Wir laden alle ein und dann kannst du sie kennenlernen.«

»Das klingt gut«, antwortete Sam. »Was wäre denn ein guter Zeitpunkt?«

Isabella holte ihr Handy aus der Handtasche, um im

Kalender nachzusehen. In die Schutzhülle des Handys hatte sie Sams Visitenkarte gesteckt, die dieser ihr bei ihrer ersten Begegnung auf der Messe vor wenigen Tagen gegeben hatte. Isabella betrachtete sie einen Moment. In der Mitte stand in verschnörkelten Buchstaben *Sam* und in einer Ecke befand sich das Engelslogo von Sams Firma.

41

Er hatte immer gedacht, Mailand sei wie Rom, nur kleiner.

Doch als er auf dem Bahnhof ankam, musste er feststellen, dass es mit seinen Wolkenkratzern wie jede andere moderne Großstadt aussah. *Angela S.p.A.* befand sich in einem dieser modernen Paläste, neben denen selbst die atemberaubendsten Renaissancekirchen aussahen wie mickrige Hütten. Vielleicht waren sie ja so etwas wie die Kirchen von heute, überlegte Pasi. In einer Welt, in der das Geld an die Stelle von Gott getreten war, verwunderte es nicht, dass dem Mammon prunkvolle Bauten der Verehrung gebaut wurden.

Pasi ging durch eine Drehtür und betrat ein großzügiges, sonnendurchflutetes Foyer, in dem schlichte Sitzgruppen stilvoll angeordnet waren. Zu einem anderen Zeitpunkt hätte er sich gesetzt und den Anblick genossen, doch jetzt hatte er Wichtigeres zu tun. Er musste Luca Ghisoni treffen, den Chefarzt einer sehr erfolgreichen Kinderwunschklinik. Den Mann, den Venla gewählt hatte und dessentwegen sie ihr Leben lassen musste.

Hinter dem Empfangstresen saßen ein Mann und eine Frau in dunkelblauer Dienstkleidung. Pasi trat vor den Tresen und erklärte, er sei gekommen, um Luca Ghisoni zu treffen.

»Haben Sie einen Termin?«

»Ja.«

Die Frau legte einen Besucherausweis auf die Theke und griff zum Telefon. »Hier ist ein Gast für Herrn Ghisoni.« Dann bedeckte sie den Hörer mit der Hand und fragte zu Pasi gewandt: »Wie war doch gleich Ihr Name?«

»Tikka.«

»Tikka«, wiederholte sie kichernd. Die Reaktion überraschte ihn nicht. Er war es gewöhnt, dass sein Name im Ausland mit einem indischen Gericht in Verbindung gebracht wurde. Dem Gesichtsausdruck der Frau nach zu urteilen, überlegte auch sie sich gerade einen Witz, den sie, kaum war er weg, ihrem Kollegen erzählen konnte.

»Es tut mir leid, unter diesem Namen ist kein Termin vermerkt«, sagte sie.

»Meine Frau hat den Termin vereinbart, vielleicht läuft er auf ihren Namen«, erwiderte Pasi. Er hatte auf dem Weg von Rom nach Mailand nur über dieses Treffen nachgedacht und war nicht bereit, beim ersten Hindernis aufzugeben.

»Alles klar, der Termin wurde tatsächlich unter dem Namen Veronica Rossi eingetragen«, antwortete die Dame nach kurzem Suchen lächelnd. »Sie können nach oben gehen. Die Rezeption ist im dreißigsten Stock.«

Vor dem Aufzug stand ein gutes Dutzend Leute. Alle starrten zur Anzeige, auf der die Nummern mit beeindruckender Geschwindigkeit wechselten. Pasi war nervös. Luca Ghisonis Mutter und seine Schwester hatten gesagt, dass sie ihn seit Jahren nicht gesehen hatten; jedenfalls nicht nach dem Unfall, den Luca verursacht hatte und in dessen Folge Venla gestorben war. Luca war ein erfolgreicher Klinikchef geworden. Im Zug hatte Pasi Zeit gehabt, im Internet zu recherchieren. Die Klinik war bekannt für ihre fortschrittlichen Methoden. Samenspender wie auch die Eizellenspenderinnen unterlagen einer äußerst strengen Auswahl, und die Kunden konnten sehr detaillierte Wünsche hinsichtlich Aussehen und genetischer Veranlagung ihres zukünftigen Kindes äußern. Mit Hilfe eines Computer-Programms konnte man sogar anhand von Fotos des Mannes und der Frau und der entsprechenden Genkombination das wahrscheinliche Aussehen des Kindes berechnen lassen.

Über Luca Ghisoni selbst waren kaum Informationen zu finden, obwohl Google von einem erfolgreichen Arzt normalerweise mindestens das Handicap beim Golf und einige Fotos beim Skifahren ausspuckte.

Im dreißigsten Stock wurde Pasi von einem an die Wand gemalten Engel empfangen. Er suchte sich in dem breiten Flur einen Stuhl. Die Einrichtung im Warteraum war ebenso minimalistisch und stilvoll wie im Eingangsfoyer. Vereinzelt saßen Paare, die sich an den Händen hielten. Eine Frau am Wasserautomaten weinte hemmungslos und der neben ihr stehende Mann tat sein Bestes, um sie zu trösten.

Die mittlere Tür wurde geöffnet und heraus schaute ein attraktiver, freundlich lächelnder Mann und streckte ihm die Hand entgegen.

42

Miia öffnete die Beifahrertür, blieb jedoch vor dem Auto stehen. Der Sitz war voller Müll. Als Korhonen begriff, dass Miia nicht einsteigen würde, bevor die Sitzbank frei wäre, warf er Hamburgerboxen, Wasserflaschen und halb aufgegessene Zimtschnecken kurzerhand auf die Rückbank. Obendrauf flogen die aus einem Telefonbuch herausgerissenen Stadtplanseiten.

»Praktisches Navi«, bemerkte Miia, als sie endlich Platz nahm, »wo kriegt man das?«

»So was gibt es heute nicht mehr«, antwortete Korhonen. »Ich hätte mir damals auch die Telefonbücher der Nachbarn schnappen sollen. Keine Ahnung, wie ich zurechtkommen soll, wenn sich das Ding eines Tages komplett auflöst.«

»Komm zur Sache«, forderte Miia.

»Emilia sucht dich. Wahrscheinlich hat sie dich schon zur Fahndung ausgeschrieben«, sagte Korhonen und schnäuzte sich in die Serviette eines Schnellrestaurants, die er vom Boden seines Wagens fischte. »Meiner Meinung nach solltest du freiwillig aufs Revier kommen.«

»Verdächtigst du mich etwa auch?«

»Natürlich nicht. Gerade deswegen sollst du dich ja bei Emilia melden und alles aufklären«, entgegnete Korhonen und legte Miia die Hand auf die Schulter.

»Ich habe diesem Treffen nur aus einem einzigen Grund zugestimmt. Weil Mutter gesagt hat, du würdest mir erklären, wer Olli Oinonen ist«, sagte Miia und schüttelte Korhonens Hand ab.

Er holte tief Luft.

»Oinonen ist ein Privatdetektiv«, sagte Korhonen schließlich nach einer Pause. »Dein Vater hat ihn damit beauftragt, Venla zu suchen. Er hat gute Arbeit geleistet und sogar einen LKW-Fahrer aufgetrieben, mit dem Venla nach Norwegen gefahren war, doch dort verlor sich die Spur.«

»Nach Norwegen?«

»Selbst dann hat Paavo immer noch geglaubt, er würde Venla finden, und Oinonen eine Stange Geld dafür bezahlt, damit dieser weiterforschte. Offenbar hat dein Vater auch eigene Nachforschungen angestellt, denn kurz vor seinem Tod sagte er mir, er hätte einen entscheidenden Hinweis gefunden, doch ich habe nie erfahren, was er damit meinte.«

»Wo steckt dieser Oinonen jetzt?« Miia warf dem neben ihr sitzenden Mann einen Blick zu, als sähe sie ihn zum ersten Mal.

»Nach dem Tod von Paavo habe ich Oinonen gebeten weiterzumachen. Ich hatte das unbestimmte Gefühl, dass der Tod von Paavo kein Unfall war.«

»Wo ist Oinonen?«

»Miia«, stöhnte Korhonen, »komm aufs Revier und überlass es Emilia, alles aufzuklären.«

»Ich muss mich mit Oinonen treffen und du wirst dieses Treffen organisieren.«

43

Pasi Tikka ergriff die ausgestreckte Hand und drückte sie zur Begrüßung.

»Mein Name ist Pasi Tikka«, setzte er an, doch Luca Ghisoni unterbrach ihn.

»Ich weiß, wer du bist. Venla hat oft von dir gesprochen.«

»Venla?«

»Meine Frau«, sagte Luca und schaute Pasi durchdringend an. »Ich weiß, dass du Journalist bist und über die verschwundenen Mädchen geschrieben hast.«

Für einen Augenblick wusste Pasi nicht, was er sagen sollte. Wie konnte dieser Mann so genau über ihn Bescheid wissen?

»Woher weißt du das alles?«

»Wie ich schon sagte, Venla hat von dir erzählt«, antwortete Luca und setzte sich hinter einen massiven Schreibtisch.

»Aber Venla ist tot, deine Mutter hat es mir erzählt«, erwiderte Pasi und griff nach dem Zettel in seiner Hosentasche. Auf dieses kleine Blatt Papier hatte Ghisonis Mutter die Koordinaten von Venlas Grab geschrieben, und er vergewisserte sich, dass es noch da war.

»Du bist schon der Zweite, der hier auftaucht und sich nach Venla erkundigt«, sagte Luca und ein dunkler Schatten glitt über sein Gesicht. »Dem Ersten habe ich gesagt, ich würde ihm das Doppelte seines Gehalts zahlen, wenn er zurückgeht, und erzählt, er hätte keine Spur von Venla gefunden. Und außerdem dafür sorgt, dass nie wieder einer kommt und Fragen stellt. Aber jetzt stehst du hier in meinem Büro.«

»Wer war der erste Mann?«

»Ein Privatdetektiv namens Oinonen.«

Pasi erinnerte sich an Nipas Erzählung von einem Mann, der ihn krankenhausreif geschlagen hatte. Dieser Mann hieß Oinonen und Pasi war sich sicher, dass es der gleiche Mann war, der hier gesessen hatte und auf Ghisonis Angebot eingegangen war. Er fühlte Lucas Blick auf seinem Gesicht. Jetzt musste er seine Worte klug wählen oder die Klappe halten.

Er blickte sich in dem großen Raum um. Vom Fenster aus hatte man einen atemberaubenden Blick über das Zentrum von Mailand. An den Wänden standen massive Holzregale, in denen die Bücher wie mit dem Lot ausgerichtet in geraden Reihen standen. Auch die Oberfläche des gewaltigen Eichentisches in der Zimmermitte glänzte und war bis auf ein hübsches, hell gerahmtes Bild leer. Pasi schaute genauer hin, auf dem Foto war eine junge blonde Frau mit einem Kind auf dem Arm zu sehen. Es hätte die Vorlage zu einem Madonna-Gemälde sein können, so schön und entrückt sah Venla aus. Der Eindruck wurde verstärkt durch einen Lichtschein, der Venlas Haare wie einen Heiligenschein zum Leuchten brachte. Auch der Junge hatte etwas Vertrautes an sich. Er sah weder wie Luca noch wie das typische Jesuskind aus, das mit seinem schmalen Gesicht und den Schlitzaugen auf Gemälden eher an ein mittelalterliches Frühchen erinnerte. Nein, er sah aus wie ... er.

»Wo ist der Junge?«, fragte er mit erstickter Stimme.

»Sam? Der ist in Finnland. Die Chefin einer örtlichen Vertriebsfirma ist überraschend verstorben und er schaut, dass die Geschäfte weitergehen.«

Pasi erinnerte sich, dass Miia Engelanhänger erwähnt hatte, und sah die Malerei an der Wand neben dem Fahrstuhl vor sich. Er beschloss, mit einem Knüppel zu testen, wie dünn das Eis war.

»Meinst du Tiina Ojantaus?«

»Tiina war eine tüchtige Frau. Unsere Zusammenarbeit war über Jahre hinweg äußerst fruchtbar«, sagte Luca mit einem Lächeln. »... in jeder Hinsicht. Tiina hat mir exakt das Material geliefert, das ich brauchte. Doch dann ließ sie ihr Urteilsvermögen einmal im Stich und ihr unterlief ein Fehler bei der Anwerbung. Ein einziger Mann genügte, um alles zu zerstören. *End of story*«, schloss er und zog eine Waffe aus der Schreibtischschublade.

In dem Moment öffnete sich die Tür und eine schöne, langbeinige Frau trat ein.

»Signore Ghisoni, ich habe einen Termin bei Ihnen und ...«

Pasi hörte sich gar nicht erst an, was die Frau sagen wollte, sondern zwängte sich an ihr vorbei in den Flur. Dort rannte er schnell in die Richtung des Fluchtwegschilds. Jetzt blieb nur zu hoffen, dass die EU-Richtlinien befolgt worden waren und sich hinter der Tür eine Fluchttreppe befand.

Die Tür ließ sich ohne Probleme öffnen. Pasi zog sie hinter sich zu und lief eilig die Treppe hinunter. Vier Stockwerke tiefer öffnete er die Tür einen Spalt breit und schaute vorsichtig in den Flur. Er war leer. Er ging hinein und schob sich an der Wand entlang. Nach einem nicht enden wollenden Flur kam er in einen weiteren Fahrstuhlraum und fand dort wiederum ein Fluchtwegzeichen. Nachdem er auch diese Tür zum Treppenhaus hinter sich geschlossen hatte, atmete er auf.

Das Gespräch mit Luca Ghisoni war zwar nur kurz, aber sehr aufschlussreich gewesen. Unter anderem hatte er erfahren, dass er Vater war. Venla war davongelaufen, weil sie schwanger war, und hatte sein Kind in Italien zur Welt gebracht. Doch jetzt hatte er keine Zeit, ausführlicher über diesen Umstand und seine Folgen nachzudenken. Vielmehr musste er einen Weg aus dem Gebäude heraus finden, bevor Ghisoni ihn fand.

Pasi hörte irgendwo eine Tür ins Schloss fallen und beeilte sich, die Treppe weiter nach unten zu laufen. Als Luca Ghisoni von einer fehlerhaften Anwerbung sprach, hatte er Antti gemeint, dessen war er sich sicher. Alles fügte sich zusammen: Venla, Laura, Tiina Ojantaus und Olli Oinonen – genau wie Miia es gemutmaßt hatte. Miia hatte auch mit der Vermutung richtig gelegen, dass die Aufklärung von Venlas Schicksal auch Klarheit darüber bringen würde, warum in Palokaski junge Mädchen umgebracht worden waren. Doch was war mit Ojantaus, war sie von Oinonen im Auftrag von Luca Ghisoni ermordet worden?

Sechsundzwanzig Stockwerke tiefer fand Pasi eine Tür, die auf den Hinterhof führte. Ohne sich umzuschauen, stürzte er ins Freie und mischte sich auf der Straße unter die Menschen. Er zog das Telefon aus der Tasche und wählte Miias Nummer. Jemand musste erfahren, was Luca Ghisoni ihm offenbart hatte, für den Fall, dass er nicht aus Italien zurückkehrte.

44 Vor ihr lagen ein breiter Sandstrand und das Meer. Jetzt im November lag der Badestrand verlassen da. Nur ein einsamer Spaziergänger führte seinen Hund aus. Am Steg schaukelten noch einige wenige Boote, die an den Masten flatternden Planen und Seile verursachten einen ordentlichen Lärm. Die Situation wirkte wie ein perfektes Instagram-Bild, ging es Miia durch den Kopf.

Miia stand am Rand des Parkplatzes hinter einem graugrünen Umspannhäuschen und wartete auf Olli Oinonen. Mit ziemlicher Sicherheit würde sie mit seiner Hilfe aufklären können, was Nora widerfahren war, und vielleicht wusste er sogar etwas über Venla. Von Pasi hatte sie nichts mehr gehört; am Tag nach ihrem Treffen hatte er angerufen und erklärt, er fliege nach Rom. Vielleicht hatte er diesen ominösen Luca noch nicht auftreiben können.

Miia blickte zurück auf den Weg und sah einen roten BMW in Richtung Strand rollen. Im gleichen Augenblick vibrierte ihr Telefon in der Tasche. Sie zog es hervor und warf einen Blick aufs Display. Verflucht, es war Pasi. Jetzt hatte sie keine Zeit, mit ihm zu sprechen. Sie würde ihn zurückrufen, sobald das Treffen vorbei war.

Miia drückte die rote Taste, stellte das Telefon lautlos und ließ es wieder in ihrer Tasche verschwinden. Das Auto hielt direkt vor ihr. Hinter dem Lenkrad saß Henri

Saastamoinen ohne Bart und Brille. Miia presste die Hand auf die Tasche und fühlte die Waffe, die sie in Lauris Sporttasche gefunden hatte.

45

Der Wasserkessel summte vielversprechend. Korhonen hatte sorgfältig Tee in zwei Teesiebe gefüllt und die Siebe in zwei Tassen gehängt. In wenigen Augenblicken begann im Fernsehen *Inspector Barnaby*. Die Serie war eine Wiederholung, aber Annikki und er wurden nicht müde, sie sich immer wieder anzuschauen. Das gemächliche Tempo und die geplant ausgeführten Mordtaten machten *Inspector Barnaby* zur besten TV-Serie aller Zeiten. Und natürlich der charismatische Bergerac, wie hieß der Schauspieler gleich noch mal? John Nettles?

Der Wasserkessel pfiff. Korhonen spülte die Teeblätter unter dem Wasserhahn ab, bevor er die Siebe wieder in die Tassen hing und mit heißem Wasser übergoss. Tee war das einzige passende Getränk für *Inspector Barnaby*.

Teekochen war ein Ritual: Die Teeblätter mussten von guter Qualität sein, das Wasser musste ausreichend heiß sein und der Tee musste exakt die richtige Zeit ziehen: im Fall des schwarzen Tees, den er jetzt kochte, vier Minuten. Dann war der Geschmack stark genug, aber noch nicht bitter, wie nach fünf Minuten.

Korhonen stellte gerade die Eieruhr ein, als sein Telefon auf dem Esstisch klingelte. Auf der Anzeige stand eine unbekannte Nummer. Er zögerte ein paar Sekunden, doch dann legte er die Eieruhr aus der Hand und antwortete.

Am anderen Ende sprach eine bekannt klingende Stimme, die aufgeregt irgendetwas über Miia und Mailand brabbelte. Nachdem er dem Redeschwall eine Weile gelauscht hatte, fiel ihm ein, wer der Anrufer war: Pasi Tikka, der Journalist, mit dem er im Fall Laura Andersson zu tun gehabt hatte.

»Moment«, sagte Korhonen, »sag nochmal, wo du bist.«

»In Mailand in Italien«, antwortete Tikka. »In der Praxis von Luca Ghisoni.«

»Von was für einem Luca?«

»Venla Pohjavirtas Ehemann.«

Korhonen zog sich im Flur in Windeseile die Schuhe an. Jetzt musste er handeln, und zwar schnell, sonst würde es noch mehr Leichen geben. Wie hatte er nur so einfältig sein können! Er hatte Miia ein Treffen mit Olli Oinonen organisiert, und dieser war nach Pasi Tikkas Worten höchstwahrscheinlich der Mörder von Ojantaus.

Korhonen wählte erneut Miias Nummer und holte seine Dienstwaffe aus dem Schrank. Es klingelte lange und schließlich antwortete die Mailbox. Er schnappte sich seine Jacke von der Garderobe, steckte die Waffe in die Tasche und öffnete die Wohnungstür.

»Annikki, hör mal«, rief er aus der offenen Tür ins Wohnzimmer. »Ich muss los, etwas Dienstliches.«

46

Der Mond schien hell am Himmel. Durch die Straßen von Palokaski sauste ein Auto. Das Blaulicht auf dem Dach spiegelte sich in den strahlenden Luxusvillen am Strand und ließ das Innere des Wagens wie einen Bienenstock summen.

Korhonen saß hinten und verfolgte, wie der Welpe über Funk seine Anweisungen gab. Außer ihnen würden noch mindestens zwei Streifenwagen zum Strand kommen. Sie wollten das Gelände umzingeln, damit Oinonen nicht entkommen konnte. Emilia saß vorn und nahm die Befehle entgegen. Neben ihr auf dem Fahrersitz saß Kilpi, ein riesiger Polizist aus Savo. Sie wollten als Erste ankommen, denn Korhonen kannte Oinonen und wollte vor Ort sein, falls es zu einer Geiselnahme kam.

Seit dem vereinbarten Treffen war schon fast eine halbe Stunde vergangen. Er würde es sich niemals verzeihen, sollte Miia etwas zustoßen.

Endlich hatten sie die hellen Villen hinter sich gelassen und sahen den Strand vor sich. Emilia schaltete das Blaulicht aus und das Summen hörte auf. Als sie zum Parkplatz kamen, sahen sie Oinonens roten BMW als einziges Auto mitten auf dem asphaltierten Platz stehen. Im Auto brannte Licht. Drinnen saßen zwei Menschen.

Kilpi hielt am anderen Ende des Parkplatzes und Emilia nahm das Mikrofon aus der Halterung:

»Hier spricht die Polizei! Steigen Sie bitte aus dem Auto aus!«, befahl Emilia. Korhonen starrte unverwandt zum BMW. Falls sich die Menschen im Auto bewegten, konnte man es zumindest aus dieser Entfernung nicht erkennen. Was wäre, wenn sie nicht mehr in der Lage waren, sich zu bewegen? Was, wenn einer von beiden bereits tot war? Korhonen fühlte, wie sein Herz im wilden Galopp raste. Das war alles seine Schuld. Er hatte Oinonen im Laufe der Jahre Dutzende Male getroffen und nie verstanden, was für ein Mann das eigentlich war.

Nachdem Emilias Anweisung dreimal über dem Platz erschollen war, ohne dass etwas passierte, stiegen Emilia und Kilpi aus und gingen hinter dem Wagen in Deckung. Korhonen blieb auf der Rückbank sitzen, seine Oberschenkel waren wie Gelee und er konnte sich nicht rühren, wie sehr er sich auch anstrengte. Er vermochte nicht, auch nur noch einem einzigen Opfer einer Gewalttat zu begegnen, die er durch seine Dummheit selbst verursacht hatte. Erst Saska und jetzt Miia. Wer musste seinetwegen noch alles das Leben verlieren?

Korhonen verfolgte durch das Autofenster, wie sich Emilia mit erhobener Waffe an der Seite des Autos nach vorn schlich. Über ihrer türkisfarbenen Softshell-Jacke trug sie eine schusssichere Weste. Über Funk verkündete der Welpe, dass zwei weitere Streifenwagen in wenigen Minuten eintreffen würden. Vor seinem inneren Auge erschien das Bild von Saska, wie er leblos auf der Gewichthebebank gelegen hatte, und von Annikki, wie sie schweigend am Küchentisch gesessen und aus dem Fenster gestarrt hatte.

Korhonen zog die Glock aus der Jackentasche und schwang sich aus dem Auto.

»Bleib hier«, sagte er zu Emilia. »Ich erledige das.« Der Abstand zu dem roten BMW wurde mit jedem Schritt kleiner. Korhonen lud seine Waffe durch und entsicherte sie. Im Auto war immer noch keine Bewegung zu erkennen.

Als er näher kam, sah er, dass die Windschutzscheibe mit einer dunklen Flüssigkeit bespritzt war. Er umrundete das Auto von rechts und entdeckte Miia auf dem Beifahrersitz. Ihre Wange lehnte am Seitenfenster. In der Windschutzscheibe war ein Einschussloch.

Korhonen zog sich hinter das Auto zurück und ging zur Fahrertür. Auf dem Fahrersitz saß Oinonen ebenso unbeweglich wie Miia. Sein Kopf war gegen die Kopfstütze gesunken. Es sah aus, als ob er schliefe.

Korhonen hob die Waffe und riss mit der anderen Hand die Autotür auf. Oinonens Oberkörper kippte aus dem Wagen und als Korhonen genauer hinsah, erkannte er, dass er keineswegs geschlafen hatte. Von seinem Kopf fehlte ein großes Stück.

In diesem Augenblick bewegte sich Miia auf dem Beifahrersitz: »Hi!«

»Bist du in Ordnung?«, fragte Korhonen.

»Ja«, antwortete sie mit lauter Stimme. »Aber ich kann nichts hören.«

Korhonen sicherte seine Waffe, steckte sie in die Tasche und ging hinüber zu Miias Seite. Er öffnete die Tür und reichte ihr die Hand. Im Fußraum lag eine Pistole.

»Lass sie dort liegen.«

Miia nickte und ergriff Korhonens Hand. Als sie neben dem Auto stand, schloss Korhonen sie fest in seine Arme.

»Jetzt ist es vorbei.«

Sieben Monate später

Im Strandpavillon von Palokaski herrschte Andrang. Die Hochzeitsgäste standen mit einem Sektglas in der Hand im Schein der intensiv leuchtenden Abendsonne.

»Dein Haar ist ganz zerzaust«, sagte Suski und strich sanft durch Nikkes Haar.

»Völlig schnuppe«, sagte Nikke und lächelte. »Ich hab 'nen Schlips, das muss reichen.«

»Das sieht sexy aus«, flüsterte Suski und schmiegte sich an Nikke.

»Na, dein Kleid aber auch.«

Suski warf einen kurzen Blick in den Wandspiegel im Foyer. Das Kleid war vielleicht ein bisschen zu körperbetont und freizügig für eine Hochzeit, aber zumindest nicht weiß. Ihr Körper, den sie das Frühjahr über trainiert hatte, kam darin wunderbar zur Geltung.

»Wie lange dauert das denn noch?«, fragte Lauri, der plötzlich neben ihnen stand.

»Sie kommen sicher gleich«, antwortete Suski und strich ihm über die Wange. »Der alte Anzug von Nikke steht dir wirklich prima. Gut, dass du beim Friseur warst. Aus dir ist ein richtig schicker junger Mann geworden.«

Lauri wohnte seit Weihnachten bei ihnen. Schon jetzt fiel es ihr schwer, sich vorzustellen, wie es war, als noch kein mürrischer Teenager bei ihnen am Frühstückstisch gesessen hatte. Suski hatte schließlich ihre lang ersehnte Familie bekommen, wenn auch auf etwas anderem Weg als ursprünglich gedacht.

»Ja, sicher«, stieß Lauri genervt hervor, aber er wirkte zufrieden.

Von irgendwo drang das Quäken eines kleinen Babys zu ihnen herüber. Suski drehte sich um und sah zu Aikku, die ein nur wenige Wochen altes Baby im Arm zu beruhigen versuchte, während sie ihrer ältesten Tochter auftrug, sich um ihre jüngeren Geschwister zu kümmern.

»Braucht Aikku vielleicht Hilfe?«, fragte Suski.

»Die kommt schon klar«, sagte Nikke unwirsch. »Sie wollte sich schließlich schon immer allein um ihre Kinder kümmern.«

»Das ist wahr«, prustete Suski. »Hoffentlich bringt sie ihn wenigstens raus, wenn er schreit.«

Draußen vor der Tür fuhr ein weißer, mit Seidenschleifen geschmückter Maserati vor. Alle versammelten sich vor der Tür, um das Hochzeitspaar in Empfang zu nehmen. Der Motor verstummte und auf der Fahrerseite stieg Pasi Tikka aus, am Revers hatte er eine weiße Pfingstrose. Auf der Beifahrerseite erschien Miia, sie hatte die gleiche Blume angesteckt. Sie öffnete die hintere Tür und half dem Hochzeitspaar hinaus.

Isabella war atemberaubend schön. Dem Brautkleid sah man an, dass bei seiner Herstellung weder mit Zeit, Geld noch Mühe gegeizt worden war. Nach Isabella stieg Sam aus dem Auto. Seine skandinavischen Züge in Kombination mit dem Charisma eines italienischen Fußballspielers und der perfekt geschnittene Anzug boten einen überwältigenden Anblick.

Die Hochzeitsschar empfing das Paar mit Hurra-Rufen und die Brautleute positionierten sich für ein Foto vor dem Auto.

Die Gäste hatten im Saal Platz genommen, Sam und Isabella saßen an einem extra Tisch. Sam blickte zufrieden um sich. Er kannte noch nicht alle Gäste, freute sich aber über die Anwesenheit jedes Einzelnen. Er selbst hatte nicht viele Verwandte, die er hätte einladen können. Anwesend waren seine italienische Tante und Großmutter, doch der Mann, den er sein ganzes Leben lang Vater genannt hatte, saß zur Zeit in Untersuchungshaft und wurde der unterschiedlichsten Verbrechen verdächtigt. Andererseits fanden sich unter den Hochzeitsgästen eine ganze Reihe neuer Verwandter, die er gerade erst kennengelernt hatte: Tanten, Onkel, Großmütter, Cousins, Schwager. Wegen ihnen war Sam ursprünglich nach Finnland gekommen. Luca war nie bereit gewesen, über die Familie seiner verstorbenen Mutter zu sprechen, doch Sam hatte Mittel und Wege gefunden, seine finnischen Wurzeln aufzuspüren.

Luca Ghisoni verfügte über eine gewaltige Gendatenbank, in der er nicht nur die DNA seiner Kunden, sondern auch die anderer Menschen gespeichert hatte. Unter anderem auch die seiner verstorbenen Ehefrau.

Während seines Medizinstudiums hatte Sam sich auch mit der Genforschung beschäftigt und in der Datenbank seines Vaters einen Bot-Code installiert, der alles eingehende Material mit der DNA seiner Mutter verglich. Eines Tages hatte Sam dann eine Mail mit der Nachricht erhalten, dass eine Übereinstimmung gefunden worden war. Tiina Ojantaus, die Geschäftsführerin von *Wellness&Spirit*, eines finnischen Subunternehmens von Angela S.p.A., war aller Wahrscheinlichkeit nach seine Tante. Unmittelbar darauf begann er, seine Reise nach Finnland zu planen.

Nun fühlte sich Sam ungeachtet all der Dinge, die passiert waren, sehr glücklich. Er hatte eine neue Familie gefunden, die ihn herzlich aufgenommen hatte.

Nachdem der Hochzeitskuchen angeschnitten und der Kaffee getrunken war, schlich sich Miia in die Küche und setzte sich auf einen Stuhl. Sie zog ihre Stöckelschuhe aus und legte die Füße auf die Spüle. So wunderbar eindrucksvoll und fröhlich der Tag auch war, so anstrengend fand sie ihn gleichzeitig. Genau wie das ganze letzte Jahr.

Erst vor ein paar Wochen war klar geworden, dass gegen Miia keine Anklage erhoben werden würde. Olli Oinonen war aus Notwehr getötet worden und unter Umständen gestorben, die den Einsatz äußerster Mittel rechtfertigten. Das befreite Miia jedoch nicht von ihren Schuldgefühlen, die sie infolge ihrer Tat immer noch quälten. Obwohl einiges dafür sprach, dass Oinonen nicht nur hinter dem Mord an ihrem Vater Paavo Pohjavirta und dem an Tiina Ojantaus steckte, sondern auch Nora Hyvärinen auf dem Gewissen hatte, würden sie vielleicht nie restlose Gewissheit erlangen. Toni Ojantaus war seit über einem halben Jahr der Aufforderung zur Vernehmung nicht nachgekommen und ergebnislos gesucht worden. Er schien wie vom Erdboden verschwunden zu sein.

Auch wusste niemand, warum Antti Laura getötet hatte. Das Mädchen hatte sich gegen Bezahlung Eizellen entnehmen lassen und offensichtlich von Tiina Ojantaus weiteres Geld erpresst. Nora wiederum war nach den Ergebnissen der Obduktion an einer Überdosis Medikamenten gestorben.

Die Küchentür wurde geöffnet und Pasi steckte seinen Kopf herein.

»Ach, hier bist du. Der Hochzeitswalzer beginnt. Komm!«, sagte Pasi und reichte Miia lächelnd ihre Schuhe.

Miia zog sich die Schuhe wieder an und überprüfte schnell im Spiegel ihre Frisur.

»Ja, ich komme.«

Im Saal war das Orchester schon bereit und die Hochzeitsgäste hatten sich um die Tanzfläche versammelt. Das Hochzeitspaar stellte sich in die Mitte und Pasi gab dem Orchester ein Zeichen. Die Trompete setzte ein und spielte einen Walzer von Nino Rota, in den

Kontrabass und Schlagzeug einstimmten. Nachdem das Hochzeitspaar seine Runden getanzt und Applaus empfangen hatte, signalisierte Pasi den Gästen, dass der Tanzboden frei für alle wäre.

Suski und Nikke gesellten sich mit Korhonen und Annikki zum Hochzeitspaar.

Pasi kam auf Miia zu und reichte ihr seinen Arm. Miia ergriff ihn lachend. Pasi zog sie zu sich heran und gab ihr einen langen Kuss. Sie sahen sich in die Augen und ließen sich vom Rhythmus der Tanzmusik führen.